日本经典文库

潘多拉的盒子

〔日〕太宰治——著
郑美满——译

人民文学出版社

图书在版编目(CIP)数据

潘多拉的盒子/(日)太宰治著;郑美满译.—北京:人民文学出版社,2018
(日本经典文库)
ISBN 978-7-02-013818-0

Ⅰ.①潘… Ⅱ.①太… ②郑… Ⅲ.①长篇小说-日本-现代 Ⅳ.①I313.45

中国版本图书馆CIP数据核字(2018)第027183号

责任编辑　甘　慧　王皎娇
封面设计　高静芳

出版发行　人民文学出版社
社　　址　北京市朝内大街166号
邮政编码　100705
网　　址　http://www.rw-cn.com

印　　刷　上海利丰雅高印刷有限公司
经　　销　全国新华书店等

字　　数　146千字
开　　本　850×1168毫米　1/32
印　　张　7.25
版　　次　2018年7月北京第1版
印　　次　2018年7月第1次印刷

书　　号　978-7-02-013818-0
定　　价　39.00元

如有印装质量问题,请与本社图书销售中心调换。电话:010-65233595

目录

001	开　幕
015	健康道场
033	铃　虫
045	生　死
059	小正儿
079	关于卫生
091	大波斯菊
105	妹　妹
119	试　炼
145	硬面包
163	口　红
181	花宵老师
205	竹子小姐

开　幕

1

您可别误会了,我一点都不觉得颓丧。事实上,接到您那样的慰问信,我感到有些彷徨失措,而且不知怎的,整个人羞愧得面红耳赤,心情莫名难以平静。虽然这样说或许会惹您不快,不过,读了您的信后,我有一种感觉,那就是——"还真古板哪!"您的人生已经揭开了全新的一幕,而且,是我们的祖先在漫长岁月中从未体验过的,全然崭新的一幕。

可是,您会摆出这种古板的姿态,倒也不是无法预见之事;毕竟,这些东西大体而言,都不过是种假象罢了。我啊,现在对于胸口的毛病已经不太在意,甚至就连"生病"这件事,也快忘个精光。我之所以进入这间健康道场,不过是因为战争结束后,突然开始爱惜起生命,希望从此以后能有个健康的身体,如此而已。为了扬名立万而不停奔走,这样的事自然与我无缘;相对地,我亦没有抱持什么值得赞扬的孝心,意欲让自己的病情早些好转,好令父亲觉得安心、母亲喜极而泣之类的。当然,我更不是因为心里面萌生某种怪异的、自暴自弃的念头,所以才来到这么偏远的地方的。但其实,试图对人类的行为一一加以解释,应该也算是一种既有陈旧"思想"的谬误吧?勉强地解释,至终多半只是以牵强附会的谎言作结罢了。理论的游戏已经太多了,概念的全貌,岂是可用三言两语道尽的？因此，我想说的是，自己之所以走进这间健康道场，其实完全没有任何理由。某天、某时，圣灵悄悄地潜入了我的胸口，我不禁潸然泪下，兀自痛哭了起来。于此之时，我的身体倏地显得轻盈，头脑也沁凉而透明；从那刻开始，我变成了另一个截然不同的男人。我立刻告诉母亲，关于那长久以来一直试图隐瞒的事。

"我咯血了。"

于是，父亲为我选择了这间位于山腰上的健康道场。事情的经过，便是如此单纯。至于我所谓的"某天、某时"，究竟是怎样一回事，个中情状，我想您应该也都已经明了了吧！事情就是发生在那一天、那一日的正午，也就是我为了那几近奇迹、仿佛从天降临般的韶音而痛哭流涕、不停忏悔的那个时刻。

那天以来，我总觉得自己仿佛有种坐在新造的大船上，乘风破浪的感觉。这艘船究竟将驶向何处，就连我自己也不知道；然而，直至现在，我却仍若置身美梦当中。船只静静地驶离海岸，这条航线，大概是全世界任谁都不曾体验过的、崭新的处女航线吧？对于这一点，虽然我只是于迷离之中顿有所感，不过，既然已经到了现在这样的地步，那么，我想，我唯能做的，便是坦然地迎接这艘崭新的大船，朝着天际的那道海流，笔直地漂流前进了吧！

不过，您可别误解了。我可绝不是像人家所认为的那样，落入了绝望尽头的虚无之中。大凡船只出航，无论出航性质为何，皆必然会让人感受到些许微妙的期待，这是亘古不变的人性。您应该知道希腊神话中的"潘多拉之盒"的故事吧？当不该开启的盒子被开启，病痛、悲哀、妒忌、贪欲、猜疑、险恶、憎恨……所有不祥的虫子全部一倾而出，嗡嗡地盘旋乱舞，遮蔽了整片天空。自此之后，人们便不得不永永远远地，于不幸中苦闷挣扎。然而，听说，在那盒子的角落处，却仍残留着一颗宛若芥子般、熠熠闪动着光亮的小石子。那石子的上头，被刻着两个模糊的字——"希望"。

2

或许自遥远的过往开始,人类便注定了不可能完全陷于绝望之中。人类总是屡屡被"希望"所骗,却也同样地,一再为"绝望"的观念所欺。事实上,即便被推落到惨郁深渊的底部,狼狈地翻滚不休,人类终会在某个时候,摸索到一缕希望之光。那是自"潘多拉之盒"开启以来,就连奥林匹斯众神也无法不遵守的游戏规则。

不管乐观论也好,悲观论也行,那些高耸肩膀做着不知所云的空谈、刻意摆出一副盛气凌人架子的人,就让我们将他们全都留在岸上吧!属于我们的新时代之船,业已顺利出航,毫无挂碍地扬帆前行。犹如植物的藤蔓不断向外展伸,是种超越意识、自然而然的向光性,我们的启航,亦是源于这样的一种天性。

是的,希望以后不再出现那类装腔作势、任意将他人看作非国民的跋扈说话态度了。在这不幸的人世间,那样强横的区分法只会平添更多的郁悒。那些总是恣意责怪他人的人,同暗地里做坏事的家伙们,又有什么两样?这次的战争虽然败北了,但那些政客们却毫无任何反省,只是急急忙忙地想着该如何捏造谎言、欺瞒民众,好逃避自己该负的责任。这种只会粉饰太平的政客,要是能不存在于这个世上,那该有多好?像他们那样恣肆散播肤浅的言论,只会让日本的未来变得更加恶劣。关于这点,我辈在往后的日子里,当时时引以为戒,并认真地自我戒惕,莫再重蹈覆辙,否则世人皆将嗤之以鼻。因此,即便是面对风平浪静的日子,我们仍当保持着自己的直爽与单纯才是。看哪!新造的船已航向大海了!

话说回来,迄今为止,我可说是从极端痛苦的经历中一路走过来的。正如您所知道的,去年春天,当我从中学毕业的同时,因发高烧而引起了肺炎;那时,我于病床上足足躺了三个月,也因而错过了高中的入学考试。后来,好不容易,我终于能够下床走路了,但仍持续不断有轻微发烧的现象,医生表示,这可能是由于胸膜炎所致。于我在家中无所事事闲晃终日的这段时间里,今年的考期也跟着过去了。从那时候开始,我便失去了升学的念头。可是,这样下去的话,未来又该如何是好呢?一想到这里,我便觉得眼前简直是一片漆黑。再这样继续窝在家里游手好闲的话,不要说对父亲过意不去,就算是面对母亲,也完全无法交代。我想,您应该不曾有过名落孙山、赋闲在家的经验吧?那全然便同落入苦痛的地狱当中一般。那段时间,我唯一所能做的,似乎便仅有到田里除除草,靠着做些农稼之事,勉勉强强地挣回一点面子了——诚如您所知,我家中有三百多平方米的旱田,这些田地自许久以前,便不知怎的辗转登记到了我的名下。不过,这并不是我去从事农作的唯一原因。事实上,每当我踏上田间的土地,内心便会油然而生一种暂得逃离周遭压迫感般的愉悦之情。这一两年,我几乎成了那片土地的负责人,除了割草之外,在体力许可的状况下,我亦会翻翻土,或是为番茄接上新枝。唉，这样或多或少也算是为粮食增产做出了点贡献吧？虽然，我总是这样，日复一日自欺欺人地活着，但是，但是哪，您可知道？就算我再如何地自欺欺人，那不安的感觉仍像是无法拂拭的黑云般，浮荡于我的心底深处，挥之不去。倘若继续这般度日，我今后的命运将会变得怎样呢？大概，会一事无成到底，顺理成章地成为个废人吧！一想至此，我便不由得茫茫然不知所措。到底该怎么办才好呢？简直是全然摸不着头绪。现在这样堕落的生活方式，除了徒增他人的困扰外，毫无任何意义可言，毕竟，再怎么说，我的病痛也还没恶劣至无法承受的地步吧？"自己的存在，只会平添他人的困扰而已；我，不过是个多余的累赘罢了……"这样痛苦的挣扎思索，像您这样的优等生，必定很难体会吧？

3

然而，即便我此般任性地耽溺于陈腐而无知的烦恼里，世界的风车却仍以令人目不暇接的速度，骨碌碌地迅速转动着。在欧洲，纳粹遭到了彻底的歼灭；东亚方面，先是爆发了菲律宾战役，接着则是冲绳岛的决战，以及美机对日本内地的轰炸。对于行军、作战等等之事，我是全然没有任何概念；不过，于我的心底，却存在着一根年轻而敏感的天线。对于这根天线，我有着相当程度的信赖，无论是潜藏在这个国家当中的忧郁，或是危机，所有的一切，我都能够透过这根天线，敏锐地感受到。这并没有什么道理可言，纯粹就只是种直觉罢了。打从今年初夏，我心中的这根年轻天线，便开始察觉到一种前所未见、犹若大海啸般的巨大声音，正激烈地席卷而来，我为之震颤不已。但是，对此，我却束手无策，仅是为无用的自己凭空增添了几许慌张而已。我乱无章法地拼命埋首于田间的工作之中，于炎炎烈日下，声声低喃地挥动起沉重的锄头翻掘泥土，种下番薯藤。为什么当时的我会日复一日地投身于如此剧烈的耕作活动之中，直至方今我仍不甚了解，或许正是由于痛恨自己无用的躯体，因此才会不假思索地想狠狠折磨它吧！我怀持着些许自暴自弃的心绪，每挥动一下锄头，心中便迸发出一阵宛若呻吟般的低沉叫喊："死吧！你死了最好！死吧！你死了最好！"就这样，种下了六百株番薯藤。

"田里的工作,还是得适可而止才行哪!现在这个样子,对你的身体来说,有点太过勉强了哟!"某天晚饭时,父亲这样对我说着。三天后的深夜,于半梦半醒之际,我忽然开始不停地咳了起来。那时,我觉得自己的胸臆间,似乎有着什么东西正在低沉作响着。(糟糕,这样不行!)意识到这一点后,我立刻睁开眼,整个人清醒了过来。人在咯血之前,胸口会发出低沉的响声;这事我之前曾在某本书上读过,所以相当清楚。正当我匍匐挪动试图离开床铺之时,某种东西突然一股脑地全涌了上来。含着满口的东西,我小步奔跑冲往厕所——果然是血没错。我在厕所中伫立了好一会儿,不过后来并没有继续咯血。我蹑手蹑脚地走进厨房,以盐水漱了漱口,并将脸和手都清洗了一遍,接着又回到床上继续睡觉。有如要忍住咳嗽似的,我屏住气息,静静地躺着,竟感到一股不可思议的平静。感觉自己似乎从很久以前,就一直在等待这一夜的到来,在我的脑海中,甚至有种"夙愿得偿"的感受。我告诉自己,明天也要继续默默地下田工作才行,反正也没有别的路好走。那么,像我这种毫无其他生存意义的人,还是得恪守自己的本分才对吧?啊,像我这样的人,真的是早一日了结,早一日清静。所以,趁现在还有机会,狠狠地使役一下自己的身体吧!多少生产一些粮食,为社会提供点贡献,然后就跟这个世界说再见,减轻一下整个国家的负担,这样也未尝不是件好事。那是像我这样的无用病人,唯一能为大家所尽的一份义务。啊,真想早点死去!

隔天早晨,我比平常还要早一个小时起床,我很快地叠好了被褥，连饭也没吃就到田里去了，接着，我开始胡乱地、漫无头绪地做起了田里的粗活。现在回想起来，当时的我，简直就如同置身噩梦炼狱当中一般。当然，直到死，我都不打算把自己的事告诉任何人，我想要的是，在不让任何人知道的情况下，让自己的病情悄悄地、渐渐地恶化下去。像这样的心态，大概就叫做"堕落"吧？那天晚上，我潜进厨房，偷偷喝掉了一整碗配给的烧酒，之后，于深夜里，我又开始咯血了。当时，我突然清醒了过来，轻微地咳了两三声后，血便一口气地涌了出来。这次，我连跑厕所都来不及，只好打开玻璃窗，光着脚，直接跳进庭院里，将它给吐出来。血自喉头深处一个劲儿地奔溢而出，感觉起来，似乎连眼睛跟鼻子都要喷出血般。约莫呕出了两大杯血液后，我的咯血总算是停止了。我试着以木棒将染血的泥土翻搅了一番，好不让人发现。就在这时，宁静的空气为忽然响起的空袭警报所划破……现在回想起来，那应该是日本的……不，是世界上的最后一次夜间空袭。

当我意识模糊地自防空壕中爬出时，正是八月十五日的清晨，天际刚刚泛起鱼肚白。

4

不过，那天，我还是照常到田里工作了。听我这么说，您一定也会为之苦笑吧？可是，您知道吗？对我来说，这样的事情一点都不可笑。我已经认定了，自己就只能抱持着这样的态度活下去，除此之外就再没有更好的方式了。毕竟，排除万般迷惑之后，我早就有所觉悟，要以一介凡农的身份死去，在自己亲手耕作的土地上，以农民之姿，倒地逝去。这也算是得偿夙愿了吧？是啊，不管怎样我都不在乎了，我只想早点死去而已。晕眩，也算是一偿夙愿吧？是啊，什么都没关系，我只想早点死去。晕眩、恶寒、冒着黏糊的冷汗，当越过这种种痛苦的煎熬，我感觉自己的意识似乎变得越发遥远。正当我想就这样，在茂密的大豆田里仰躺下来的时候，母亲过来叫住了我。

"快点把手脚洗干净，然后到父亲的房里去！"平常总是微笑着说话的母亲，此刻却露出了如同是在面对陌生人般的冷漠神情，严肃地对我说着。

我面朝父亲房里的收音机，正襟危坐。接着，正午时分，我听见了那自天端洒落的神圣之音，整个人不禁为之涕泣，泪流满面，恍若有道不可思议的光线直入身体之中，既像是踏入了另一个截然不同的崭新世界，又像是登上了一艘摇晃前驶的大船。此时，我乍然惊觉，我已不再是往昔的自己了。

我并非因领悟了"生死一如"的道理而感到自鸣得意。不过，生与死，本来不就是相同的东西吗？不管选择了哪一边，终究会陷入同样的痛苦之中。毫无道理急着赴死的人，大半都只是装腔作势而已。我至今为止所呈现出的痛苦，亦不过是辛辛苦苦地在装点自己的门面罢了，说穿了，仍旧不脱陈腐的装腔作势，您说是吧？

虽然您在信中提到了一些诸如"悲痛的决心"之类的话语，但是，悲痛什么的，对现在的我来说，总觉得像是那些低俗的戏剧里面，饰演情夫的男角会流露出的表情一般——不管表现得再怎么痛苦，终究是伪装出来的。船只轻快地驶离了海岸，无论多么微渺，但只要是船只的启航，都必然会带给人某种程度的希望的。此刻，我已不再抱持着沮丧之心，也不再在乎自己胸口的病了。接到您所写来的那封怜情满溢的信函，着实让我感到仓皇失措，不知该如何回应是好。现在的我什么都不想，只求能将此身彻底地托付给这条船，仅此而已。

当天，我立即将一切告诉了母亲，用连自己都觉得不可思议的平静态度，清楚地告诉母亲：

"昨天晚上，我咯血了，前天晚上也是。"

没有任何理由，亦不是突然爱惜起生命来，不过是那直至昨日为止，一直逞强作态的假面具，突然间土崩瓦解罢了。

父亲为我选择了这间"健康道场"。如您所知，我的父亲是名数学教授，他或许对于数字的计算相当在行，却对金钱方面的往来与收支一无所悉。正因如此，家中的景况一直不是非常富裕，故我自然也不会奢望自己能获得什么太过豪华的疗养待遇。这是一处简朴的疗养所，光是这一点，便与我的身份颇为契合，我对此也没有任何的不满。听说，只要在这里待上六个月，便得以完全康复。事实上，自从住进这间道场后，我便再不曾咯过血了，就连血痰也无——生病之类的事情，几乎已完全被我抛诸脑后。这里的院长先生说，"忘掉病痛，正是迈向痊愈的最快捷法门。"真是个有点怪异的人对吧？至于，为什么一间结核病的疗养所，要挂上"健康道场"这样的名字呢？据说，那是因为院长于战争中粮食不足、医疗贫乏的情况下，发明了一套对抗疾病的特殊方法，并成功激励了许多入院患者击败病魔之故。总之，这是一间有点奇怪的医院就是了。我在这里遇见了许许多多有趣的事情。关于这些事情，就请您容我留待日后，再慢慢地告诉您吧！

关于我的事情，您真的什么都不用担心。当然，请您也务必好好珍重自己！

昭和二十年八月二十五日

健康道场

1

今天,依照先前与您的约定,我想在这封信中,大致向您描述一下我所在的这间健康道场的情况。从E市搭乘巴士出发约莫一个小时后,会来到一个名叫小梅桥的地方,从这里再转搭其他巴士,便可抵达道场。但其实,到达小梅桥后,实际上距离道场已经不远了。因此,与其耗费时间等待转车,倒不如直接走路前往还来得快些,道场的位置便位于十个街区开外之处,前来道场的人,大抵都是这样步行过来的。我再说得更清楚一些吧!自小梅桥处向那群山叠嶂的右侧望去,会看见一条柏油路面的县道,沿着那条县道往南走,约步行个十个街区的距离,便会看见一座竖于山麓的石砌小门。小门的后头,是一排排整齐林立、一径延伸至山腰的松树林;在那片松林的尽头,可以望见两幢建筑物的顶缘,那便是我现在每日仰息期间,被称作"健康道场"的那间截然与众不同的肺结核疗养所。"健康道场"由新馆和旧馆两栋各自独立的建筑物构成,旧馆看来虽无任何特别之处,但新馆可是一栋相当雅致明亮的建筑。通常,当病患于旧馆经过一定程度的锻炼后,便会被陆续移往新馆进行疗养。不过,由于我的精神状态还算不错,因此院方特别破例,让我一入院便住进新馆。我的房间位于道场正门玄关右侧的第一间——"樱之房",再过去还有"新绿之房""天鹅之房""向日葵之房"等病房，每间房都被取了一个秀雅到让人不好意思说出口的奇怪名字。"樱之房"是间略呈长方形的十叠大西式房间，房内并排摆放着四张床头朝南、看来十分坚固的木头床铺。我的床铺位于房间的最里边。自床头的大玻璃窗望去，可看见一个三十平方米左右，被称作"少女之池"（这名字说真的也实在是不怎么样）的水池。池中的水永远沁凉而清澈，水面下，鲫鱼与金鱼正悠游其间。总之，对于被安排的这个床铺位置，我完全没有什么可埋怨的，搞不好，这是全院最好的位置也说不定呢！院方所提供的床是特大号的木制床，上面并未铺上那种粗糙的弹簧床垫，流露着一分稳重而牢靠的气息。床的两侧附有充足的置物抽屉，就算是将所有的随身用品全摆进去，都还显得绰绰有余。

而现在，请容我向您介绍一下同房的诸位前辈：住在我隔壁床的是大月松右卫门先生，就像他的名字一样，他是位人品高尚、让人不敢轻视的中年大叔。听说他原本是名东京的新闻记者，妻子很早便过世了，留下年届适婚之龄的女儿同他相依为命。在他入住这里的同时，他的女儿亦方巧自东京疏散到了健康道场附近的山间，并不时前来探看这位寂寞的父亲。这位父亲，大半时候皆是一派沉默寡言；但偶尔，亦会突然地摇身一变，成为一位具有惊人决断力的人物。他的人格相当高洁，全身充溢着仙风道骨，让人备感莫测高深。在他的唇上，留着一撮黑亮的小胡子，看来十足威严。不过，似乎由于深度的近视，致使他匿于镜片后的那对泛红小眼总是显得些许惺忪。他那浑圆的鼻头好像很容易渗出汗珠，故而，常见他拿着毛巾，一个劲儿地用力擦拭着鼻子，也因此，不管什么时候看来，他的鼻头总是呈现着宛若要滴出血般的赤红色。然而当他闭上了眼，那仿佛若有所思的样貌，却分外的威严。搞不好，他其实是什么出乎我意料之外的伟大人物也说不定呢！他的绰号是"越后狮子"。关于这个绰号究竟何来，我也不甚清楚，不过，感觉倒是相当恰如其分就是了。

　　松右卫门先生对于这个绰号似乎也不怎么讨厌，据说，他甚至还会自己向人报出这个名号呢！不过究竟事实的真相如何，这我就不知道了。

2

再隔壁床，住着的是木下清七先生，他是位泥水匠，今年二十八岁，目前尚是单身，号称健康道场第一美男子。他的肤色显得异常白净，鼻梁相当高挺，眼神晶亮而清澈，不管怎么看，都是一副好男人的样子。只是，他经常会习惯性地踮起脚尖，轻摇着臀部走路。我常想，要是他能够改掉这种走路的方式就好了。为什么他会用这种方式走路呢？虽然，我认为这很可能与音乐有关，但真正的原因到底为何，对我来说至今仍是个谜。他对各种流行歌曲似乎都相当熟悉，但其中，又以"都都逸"①尤其拿手。我曾听他演唱过好几回，每次，当他演唱之时，松右卫门先生总会闭着眼，默默地聆听，但至于我，却唯是感到坐立难安罢了。他唱的全是些诸如"存下像富士山一样多的金钱呀！每日只花五十文"之类的，愚蠢而又毫无意义的歌曲，听了真叫人瞠目结舌，无法合嘴。不只如此，他还会在"都都逸"里突然插入些说书的段子，这也挺叫人受不了，每当歌唱到一半，他总爱在里面夹杂个几句像是戏剧中的台词，例如，忽然来个一句"哎呀，兄长啊！"或是其他什么的，简直让人不忍卒听。庆幸

---

① 流行于十九世纪，一种用三弦琴伴奏，以描写男女间细微心理的歌谣。

的是，就算他再怎么唱，一次也无法唱超过两首歌的。虽然，他总是意犹未尽，还想要再多唱几首，但松右卫门先生对此可是绝不宽允的，只要两首歌一结束，"越后狮子"便会随即张开眼说："已经够了。"有时，他还会多加一句，"这样对身体会有不良影响的。"他的意思，究竟是指对歌唱者的身体不好，还是对听歌者的身体不好呢？这点我并不清楚。不过，这位清七先生倒绝不是什么坏人，这点是我可以肯定的。他似乎很喜欢俳句，夜里就寝前，经常见他拿着自己的近作展示给松右卫门先生看，试图征询松右卫门先生的意见。不过，"越后狮子"却总是一语不发。于是，清七先生只好老带着颇受挫折的神情，匆匆地回到床上入睡。说真的，那时候的他，看来实在有点可怜。然而，从这一点亦可看出，清七先生似乎十分尊敬"越后狮子"。至于这位姿态潇洒的清七先生，他的绰号便是当下流行的一种街头舞蹈名——"卡波雷"①。

　　睡在再过去的那张床位的，是西胁一夫先生，他的年纪约莫三十五，听说之前似乎是名邮局局长还是什么的。在所有人当中，我最喜欢的就是他。他那位个性温柔、身材娇小的妻子经常会前来院里探病，然后，那小两口总会轻声细语地凑在一块儿说起悄悄话，一派静美甜蜜的景象。每当这种时候，无论是"卡波雷"还是"越后狮子"，都会故作视而不见，尽可能地设法回避。感觉，其实大家都是十分有心的人呢！西胁先生的绰号是"笔头菜"，之所以会有这样的绰号，

---

① 一种流传于明治时代，以模仿僧人姿态为主的街头舞蹈。

我想大概是因为他身材细长的缘故吧！他虽然称不上美男子，却是个言谈举止相当高雅的人，整体形象予人的感觉，带着点学生般的青涩。每当他露出了羞怯的微笑，总是充满着魅力。我经常想，如果能跟这个人比邻而眠，一定是件很不错的事情，可是，自从某天深夜，当我听到他于眠寐中发出奇怪的呻吟声后，却又突然觉得，没睡在他隔壁真是太好了。

以上，大致将与我同房的前辈们做了些许介绍。接着，再由我稍微向您报告一下，关于为配合本道场的特殊疗程所制定的相关起居模式。首先，先行列出我们每日进行的各疗程之时间分配表：

六点	起床
七点	早餐
八点到八点半	伸展运动
八点半到九点半	摩擦运动
九点半到十点	伸展运动
十点	院长巡房（周日则由指导员巡房）
十点半到十一点半	摩擦运动
十二点	午餐
一点到两点	精神演讲（周日则为励志广播）
两点到两点半	伸展运动
两点半到三点半	摩擦运动
三点半到四点	伸展运动
四点到四点半	自由活动
四点半到五点半	摩擦运动

六点	晚餐
七点到七点半	伸展运动
七点半到八点半	摩擦运动
八点半	报告
九点	就寝

3

正如我先前约略向您提过的那样，前阵子，有相当多的医院于战乱中惨遭烧毁，即便能侥幸逃过兵灾的，有许多也因物资不济或人手不足，终而被迫关闭。因此，众多需要长期住院疗养的结核病患者——特别是像我们这样不太富裕的患者，几乎可以说是到了走投无路的地步。幸运的是，这一带地区几乎没有什么敌机空袭，于是，在两三名有力的本地慈善家，以及政府当局的协助下，原本位于山腰上的县立疗养所得以进行扩建，并招聘了现任的院长田岛博士前来，逐渐形成了这间不依赖外界物资支援、独树一帜的结核疗养所。先不说别的，光是大略浏览我们每天的日课表，便可以明白地感受到，这里同一般疗养所的作息方式有着相当大的差异。在这儿，传统的"医院"或是"患者"等等之类的既知概念，全都有若大破大立似的，经历了一番彻底的重组。

我们称呼院长为"场长"，副院长以下的医师则为"指导员"，而护士们则是"助手"，至于我们这些住院的患者，便统一被称做"学员"。这一切所有的变革，似乎全出自于田岛场长的构想。自从田岛医师受聘来到这间疗养所后，不仅让院内的机制为之焕然一新，同时，他对患者所实施的独特医疗方式，于成果上也获得了相当优异的成绩，据说，他还因此一跃成为医界注目的新星。场长因头发几近全秃之故,看来像是名五十多岁的中年人士,但其实,他不过是个三十来岁的单身汉罢了。他的身材瘦高,背有些蜷,不苟言笑。听说秃头的人多半有着端正的仪表,田岛医生也不例外,他的皮肤白皙、相貌优雅,同时似乎也带着那种秃头者特有的、宛若猫一般的阴柔而难以捉摸的气质,让人不由得敬畏三分。每天早上十点钟,田岛场长都会领着指导员及助手们巡视道场内的病房,那段时间,整个道场里头完全听不着任何一丝声音。学员们在场长面前,也总是诚惶诚恐地表现出一副恭敬的模样;但是,在背地里,他们同样偷偷给场长先生起了个绰号——"清盛"①。

那么,接下来,我就针对本道场每日的疗程,再向您作更详细的说明吧!所谓的"伸展运动",一言以蔽之,便是训练手脚和腹肌的运动。关于训练方式,若是描述得太过琐碎的话,您一定会感到无聊,所以在此,我便粗略地陈述一下重点就好。嗯,简单地说,就是让自己的身体呈大字形仰躺于床,然后依照手指、手腕、手臂的顺序,依次进行运动,接着,再将腹部往内紧缩,慢慢使它膨胀起来。这个动作有点困难,必须经过反复的练习,同时,它亦是这整套伸展运动中最重要的一个环节。腹部运动结束之后,接下来则是脚部运动,于此,必须将足部肌肉做尽可能的伸展,随后再慢慢地放松。当做完脚部运动后,大抵就算是一个完整循环的

---

① 平清盛,日本平安时代末期的著名武将。自任太政大臣,以高压手段建立了属于平氏一族的独裁政权。

锻炼完毕。接着，一个循环结束后，紧接着便再从手部运动开始，重新进行另一个循环。总之，学员须在有限的三十分钟内，不停地活动，且按照前面的时程分配表，早上两回、下午三回的反复习演。由于每日都得重复做相同的训练，所以一点都不轻松。以现代的医学角度来说，让结核患者做这样的运动，似乎算是最不具危险性的治疗方式了。不过，这也是因战时的物资不足，故而才会应运而生此般的一套创新疗法吧？我确实如此听说，曾有热衷从事此项运动的人，因此而提早恢复了健康。

说完了伸展运动之后，再下来，我想稍稍描述一下关于"摩擦运动"的事情。说起这项疗程，大概也是本道场独一无二的。至于，于其中担任着重要角色的，便是本道场中那群朝气蓬勃的助手们。

4

这摩擦时所使用到的刷子，比起理发厅内的硬毛刷，根本软不到哪里去，因此，刚开始的时候，摩擦起来实在是相当疼痛。每当刷子刷过肌肤，总是使我痛到不由得发毛。不过，大约仅经过一个星期左右的时间，我便对这样的情形渐能适应以对了。

每当摩擦的时间一到，那些精神抖擞的助手们，便会分头将全部学员依次仔细地轮番摩擦一遍。有关摩擦的过程是这样的：首先，将毛巾叠放于金属制的小脸盆内，浸泡水中，然后，再将刷子压于毛巾上吸满水分，接着，便可拿起它，开始唰唰地于身体上摩擦。至于摩擦的范围，原则上是要遍及全身的，但在学员刚进道场的第一周，摩擦的部位会先仅限于手脚。接下来，范围便会渐渐地扩展至整个身体。学员侧卧着，自手开始，再来是脚、胸部、腹部，依序接受刷子的摩擦。待大致摩擦完成，再翻个身，同样依序以刷子沿着身体另一侧的手、脚、胸部、腹部、背部以及腰部逐步刷摩。习惯了之后，我反倒觉得这事其实也不错，特别是在摩擦背部的时候，那种感觉简直是难以用言语形容的。在助手群当中，当然不乏摩擦技巧优良的人，但亦有技术十分拙劣的人存在。不过，关于这些助手们的事情，就请容我于稍后的书信中再叙。

总而言之，道场的生活，几乎就是夜以继日地反复进行着伸展和摩擦这两项活动。纵使战争已经结束，但物资贫乏的状况却至今仍无任何改变，既然如此，那么现在藉由这样的活动来展现自己与病魔对抗的气魄，未尝不是件不好的事。除了这两项主要的疗程之外，其他的活动尚有：下午一点开始的演讲、四点的自由活动，以及晚间八点半进行的报告等等。演讲乃由场长、指导员，或是来道场视察的各方知名人士等，轮流透过麦克风向学员讲话。他们的声音会透过装置在屋外和廊上各要点的扩音器，传进我们的房内，而我们则坐于床上，静静地聆听着他们的话语。

战乱中，亦曾因电力不足致使扩音机无法使用，使得演讲一度停止。但一待战争终止，电力的供应不再那般吃紧，演讲活动便又随即恢复了。而这回，延续先前未完的课程，场长所讲述的主题是"日本科学发展史"。说实在的，场长讲的课还真是相当不错，在这系列的演说中，他用平淡的口吻，将我们先祖的辛劳，以平实又浅显易懂的方式一一道来。昨天，他所演讲的内容是关于杉田玄白的《兰学事始》①。当玄白一行人等第一次翻阅西洋书籍之时，究竟该何以适从？该如何将外国的语言引介翻译？对此，场长是这样说的："老实说，他们就像是乘着无舵之船，于大海中扬帆前行。举目所见，尽是汪洋一片，不知该趋向何处，只得在惊骇与迷惘之中，随波逐流。"这句话说得真是好极了。关于玄白一行人所

---

① 杉田玄白，日本江户时期的著名兰学者。其著作《解体新书》，对日本近代的西洋学术发展史有着极大的贡献；《兰学事始》则是他晚年将自己一生接触西学的经历汇整成册的回忆录。

费的苦心,中学时候负责教授历史的木山雁藻老师也曾教过我,不过,那同现在场长的演说,可说是完全不能相比,雁藻老师只会说些"玄白并不是想象中是那么严重的麻子脸"之类的无聊话题罢了。

  总之,场长每天的演讲,都让我有说不出的喜悦感。而到了星期天,演讲暂停,取而代之的是唱片播放。虽然我并不怎么喜欢音乐,不过每个星期能听上那么一次,倒也不是件坏事。在播放唱片的空当,偶尔,助手们也会来上一段原汁原味的清唱,然而,她们的歌声,却非但不会让人感到喜悦,反倒使人觉得坐立难安,为之捏上一把冷汗。不过,其他的学员倒似乎都对这样的插曲大表欢迎,特别是清七先生,每回总是眯起了眼听得入神。我想,他大概是巴不得自己那文白夹杂的"都都逸"小调亦能如此公诸众人地播送一番吧?

5

　　论及下午四点钟的自由活动，那倒是段相当安静的时光。这段期间，正是我们的体温升至最高之时，身体因而会显得懒洋洋的完全提不起劲，心情也变得焦躁而恶劣不堪，因为无论如何居处都令人感到痛苦不已。所以，为了转换一下学员们的心绪，道场特于这段时间里，放任大家去做自己想做的事，换句话说，就是给大家三十分钟的自由。不过，大部分的学员于这段时间内，通常也只是安静地侧躺于床上歇憩罢了。顺道一提，道场里规定，除了夜间的睡眠时间外，平时于床铺上是禁止使用任何被褥的，白天也不可盖毛毯之类的东西，仅能穿着睡袍，于床上和衣而睡。虽然听来严格，但习惯后反倒会有分简约的清爽感，心情显得格外畅适。至于晚上八点半的报告，则是针对每日世界情势所进行的整理报道。当然，这也是透过走廊的扩音器来传送。值班的事务员会以一种紧张激切的语调，逐一地将今日的新闻给播报出来。于这间道场内，不要说阅读书刊了，连看个报纸也被纳于禁止之列，或许，太过沉迷于阅读，亦是对身体有所害处的吧？总之，纵使我于此只经历了这般短暂的一段时间，但如得以因之而摆脱杂乱无章的思绪狂潮，并打从心底地对新船的出航使命深信不疑，抱持着素朴的生活方式尽情遨游，我想，这也未尝不是件好事吧？

只是，于这种情况下，能写信给您的时间也相对的显得贫少，这是美中不足之处。我总是于饭后，匆匆忙忙地拿出信纸来书写，然而，想写的事实在太多了，所以，光是写这封信，便已花了我两天的时间。不过，随着对道场生活的逐渐适应，我应该也会越来越懂得如何充分利用短暂的时间才对吧？我似乎已经练就了一种不管面对怎样的事情，都能用极端乐天的方式加以面对的态度。那些曾令我感到烦恼的种子，业已于我的心中全然消失殆尽——所有的一切，都已经全部被我给遗忘了。接着，我想郑重地再向您介绍一件事：我在这个道场里的绰号，叫做"小云雀"。事实上，这还真是个没什么意义的绰号。我想，大家之所以会为我取了这个绰号，大概不过是由于我的名字"小柴利助"（Koshiba Risuke）与"小云雀"（kohibari）的读音听来十分相近的缘故吧？这实在称不上是什么光荣的事情。一开始时，我觉得这名字不论怎么听都非常刺耳，令人相当难为情，完全无法适应。然而，此时此刻，我却已变得不管面对什么样的事情皆能够宽心以待了，因此，现在，即便有人叫我"小云雀"，我也已可以放开心胸，坦然回应。您知道吗？我已不是昔日的小柴了哟！现在的我，已经变成了栖息于这间健康道场里的一只云雀，成天就是叽叽喳喳、吵闹不休地啼叫不止。那么一来，今后读着我的信的您，将会是如何看待我的呢？"在说什么啊！真是个轻佻的家伙！"您可别一边如此叨念着，一边绷着张脸读信哪！

"小云雀！"现在，窗外正有位助手在提着嗓子叫唤着我。

"什么事？"我若无其事地回答着。

"你在努力吗?"

"我很努力啊!"

"加油喔!"

"没问题!"

  关于这样的问答,您知道是怎么一回事吗?其实,这是这间道场内特有的打招呼方式。有如是说定好了般,每当助手与学员们于走廊上擦身而过,都必须以这样的方式相互照面。至于这样的招呼方式究竟是自何起始,我并不清楚,不过,这应该并非场长所设下的规范才对。据我个人的猜测,这十之八九定是助手们所想出的点子。这儿的护士小姐们皆有着几分共通的性情,个个活泼开朗,且都带着几许男儿的阳刚之气。在这里,无论是场长、指导员、学员,还是事务员等,所有人全被任意取上了个辛辣无比的绰号,这似乎便是那群助手们的杰作,实在是不可等闲视之。关于这些助手们的事,就请静待我作出更详细的观察后,在下次的书信里,再好好地向您报告一番。

  关于本道场的大致情况,我就先行报告至此。如有失礼之处,请多包涵!

九月三日

铃 虫

1

敬启者：

　　近来，一切可好？时序一进入九月，果然一切都截然不同了起来呢！风，仿佛越过湖面而来，让人感到冷飕飕的；便连昆虫的鸣叫声，也明显地变得高亢了起来，没错吧？我不是像您那样的诗人，所以纵使到了秋日，也没有特别感受到什么千回百转的愁闷思绪。不过，昨天傍晚时，有位年轻的助手小姐伫立于我窗下的池畔，她一看见我，便对着我笑着说道：

　　"'笔头菜'曾经说过，这是铃虫①在鸣叫呢！"

　　听闻这句话的瞬间，房里的人便全都清晰地感受到了那毫不留情直渗肌肤的秋意，呼吸也不由得为之一窒。这位助手小姐自以前开始，似乎即对与我同寝室的西胁——也就是"笔头菜"先生，怀持着相当程度的好感。

　　"'笔头菜'不在哦！他刚刚到事务所去了。"

　　听到我这么一回答，她的脸上骤然露出了不悦的神色，就连讲话的语气也变得粗鲁了起来：

　　"是哦！他不在又怎样？'小云雀'，你讨厌铃虫吗？"

　　被她如此莫名其妙地顶上一句，我一时间满头雾水，丈

---

① 一种于夏末秋初羽化的鸣虫。

二和尚摸不着头脑——事实上,我感觉得出自己已有些张皇失措。

从以前开始,我就一直相当注意这位年轻的助手小姐,我总觉得,在她身上充满了许多不可解的谜团。她的绰号是"小正儿"。

既然提到了她,今天,就让我顺道为您介绍一下这里的其他助手们吧!我在上次的信中曾经提及,道场里的助手们绝对不容小觑;她们替道场内的男士们,全都任意冠上了辛辣的绰号。不过,学员们这边可也不甘示弱,亦反过来将助手们全给取上了绰号。因此,真要说的话,可以算是势均力敌吧!话虽如此,但大概是基于对女性的体恤之故,学员们所取的绰号,无论如何,或多或少都还是有些手下留情。"小正儿"因为名叫三浦正子(Masako),所以才被取了这样的一个绰号——这还真是个毫无意义的名称哪!另外一名名叫竹中静子的助手,则是被学员们取名做"竹子小姐",这个绰号更是平凡无奇,一点创意也没有。除了她们两人之外,还有个戴着眼镜的助手,由于眼球突出,看来像极了凸眼金鱼,因而学员们便很含蓄地称呼她为"金鱼妹";而那名身材瘦削,整个人看来枯瘦干瘪的助手,便被冠上了个"鱼干女"的名称;至于那个总是挂着一脸孤寂表情的助手,学员们就呼她为"再见小姐"。如何?这样的绰号听起来好像还不错吧?可是,老实说,我觉得学员们在起绰号时,有时未免也太过客气了。比方说,道场里有个明明相貌奇丑无比,却老爱将头发烫成夸张爆炸头、眼皮上涂满怪异的红色眼影、总顶着层恐怖大浓妆的助手,他们给她取的绰号竟然是"孔雀"？真是愚蠢到不行，被冠上"孔雀"这样的称号，当事人应该反倒会觉得非常得意吧？"是吗？原来我像孔雀啊！"这样的名号，搞不好会使对方的自信心越来越强，因为根本从中听不出任何嘲讽的意味嘛！如果，今天换作是我被人冠上了个"仙女"的外号，我也会在心里暗想着："是吗？原来我像仙女啊！"并乐得飘飘欲仙呢！而除了以上这些，其他尚有像是"驯鹿""蟋蟀""侦探""洋葱"等等之类的形形色色却无一不是陈腔滥调的绰号存在。在这里头，唯有一名被叫做"霍乱"的小姐，于我感觉是名号较为贴切的。这位助手小姐的脸部轮廓宽大，双颊还经常泛着红光，让人看了不禁会联想起童话故事中的"赤鬼"那吓人的相貌，于是，学员们便毫不客气地引用"鬼之霍乱"① 这个俗语，称呼她为"霍乱"。真是神来之笔啊！

"喂，'霍乱'！"

"什么事？"对方满不在乎地应答着。

"要加油喔！"

"没问题！"

她的声音听来充满了活力，我想，就算霍乱真的碰上了她，恐怕也得退避三舍吧！其实，也不光是这位"霍乱"，这里的每一名助手，看起来全都一副粗枝大叶的模样，不过，实际上，她们的个性都相当亲切，全是些难得一见的好人呢！

---

① 日本俗语。字面意思是"连鬼也得了日照病"，引申为"平常百病不侵的人突然生病"之意。此处的"霍乱"指的是日照病，并非我们常谓的肠胃传染病。

2

在学员当中,最受欢迎的助手是竹中静子,也就是"竹子小姐"。说真的,"竹子小姐"称不上是什么美女,她的身长约五尺二寸(一米五八),是名胸部丰满、肤色黝黑,相貌颇为端正的女孩子。我不知她的正确年龄是二十五还是二十六,但总之,大概就是这个岁数上下吧。不过,虽称不上为美女,但在"竹子小姐"的笑容当中,却蕴含着股相当独特的魅力,我想,这或许就是她大受学员们欢迎的主要原因吧!她那对圆圆的大眼,只要一笑起来,眼角便往上挑起,整副眸子同针一般,细细地眯了起来,再加上一口雪白的牙齿,让人不禁爽意袭身。由于她的身材较为高大,因此与护士的白色制服显得格外相称。除此之外,她还是个工作相当勤快的人,这应该同样是她备受欢迎的缘故吧?总之,她不只十分善解人意,而且在处理事情的技巧上,也显得十分利落而敏捷。套句"卡波雷"常常挂于嘴边的话:"竹子小姐简直可以称得上是全日本最好的太太人选了。"

每到了摩擦的时间,其他的助手不是在与学员天南地北地闲扯,就是在互教对方吟唱流行歌曲。从好的方面来说,这或许可以称得上是"一团和气";但从坏的方面来想,她们的动作也因而变得缓慢没效率。就只有"竹子小姐",不管学员们开口对她说了些什么,她都仅是露出淡淡的微笑,暖昧地点点头，然后，便继续以熟练的动作，唰唰地替学员摩擦着身体。"竹子小姐"为学员摩擦的力道，既不太强，也不过弱，不只手法纯熟，而且相当周到细心。她的脸上，无论什么时候，总是默默地挂着一抹明亮的笑容，从不乱发牢骚，也从不说些无聊的应酬话，予人一种宛若抽离于其他助手，遗世独立般的感觉。那股带着些许冰冷的孤绝气质，对于学员来说，正是无与伦比的魅力所在吧！总之，不管怎么说，"竹子小姐"就是颇受欢迎。"越后狮子"曾说："能养育出这样的孩子，她的母亲一定是个相当坚强的女人。"或许，事实上也真的便是如此也说不定呢！

听说，"竹子小姐"是于大阪出生，因此，当她说话的时候，总会带着几分关西口音，这对于道场的学员来说，似乎又是个叫人招架不住的要命优点。至于我自己，打从过去，只要我一看到身材壮硕的女性，便会不知怎的总令我想起鱼市场里所见的真鲷，随之在心中窃笑不已。然而，当我看到这个女孩时，我所感到的却唯有同情与怜悯，除此之外，再无其他想法。比起气质高雅的女孩，我更喜欢的是可爱的女孩，而"小正儿"，正是属于那种娇小而可爱的类型——没错，我还是对充满谜样气息的"小正儿"最感兴趣。

"小正儿"今年十八岁，据说，她自东京的府立女校中途退学后，便直接进入了这间道场任职。她有着张白皙而圆润的脸庞，那对双眼皮的大眼睛上排列着两排纤长的睫毛，眼角的部分则微微下垂着。她常常一副十分惊讶的表情，将两眼睁得圆滚滚的，正因如此，她的额头总是带着些许细纹，这使得她那原本便不宽阔的前额，愈发显得狭窄短蹙。她一笑起来便花枝乱颤的，就连口里的金牙也跟着一同闪闪发光。她总是毫不拘谨地大声笑着，每逢有趣的话题，便露出一副心痒难耐的模样，睁大双眼地问道："你们在说什么啊？"极力地想挤进话题中掺一脚，然后，于下一个瞬间，她就会旋即发出喧闹的笑声，并将身体往前倾，一个劲儿地拍着肚皮，笑得简直就同快要喘不过气般。她的鼻形圆润，鼻梁高挺，纤薄的下唇比起上唇略微突出一些。说起来，她也算不上是个美人，不过却相当可爱。至于工作方面的表现嘛……说真的，她似乎并不是很用心，摩擦的技术也糟糕得很。可是，不论如何，她就是朝气蓬勃可爱到不行，因此，其受欢迎的程度，也丝毫不逊于"竹子小姐"。

3

您知道吗？就算仅是从取绰号这样的小事，也得以看出男人是多么可笑的生物。对于那些自己不喜欢的女人，就随意地为她们冠上诸如"霍乱""再见小姐"等等之类将人当成傻瓜般的绰号；然而，对于自己有好感的女性，却亦想不出什么好称呼，到头来实在没办法，便只好用"竹子小姐""小正儿"这类极其平凡的称号来唤叫对方。哎呀呀，今天的我还真是不对劲呢！净说些关于女人的话题。不过，您可知道，为何我今天都不讲些别的吗？我想，主要还是因为"小正儿"昨日所说的那句话：

"'笔头菜'曾经说过，这是铃虫在鸣叫呢！"

或许，我是为那句惹人怜爱的话所陶醉，而至今尚未清醒过来吧？虽然平时总是那样纵情大笑，但或许，真实内在的"小正儿"，其实是个比任何人都容易感到寂寞的女孩也说不定呢！经常开怀笑语的人，会不会同时也是最经常暗自饮泣的人呢？唉，不知道为什么，只要一写到"小正儿"的事，我的心情就会变得有些奇怪。话说回来，我可以感觉得出，"小正儿"大概是有什么话想向"笔头菜"，也就是西胁先生表白，却无法如愿以偿，所以才会说出昨天那样的话。这封信是我于草草吃过午饭后，匆匆忙忙地写下的，就在我写信的当下，隔壁的"天鹅之房"传来了学员们的笑闹欢语，而夹杂于学员们的声音其间的，正是"小正儿"那高亢而夸张的笑声。看样子，那边大概又发生了什么骚乱了吧？真不像话，他们是白痴吗？不知怎么来着，今天，我的心情确实有些不太寻常，明明还有很多林林总总的事想写，却由于太过在意隔壁的笑语，而显得完全力不从心。罢了，就暂且休息一下吧！

……好不容易，隔壁的骚动似乎渐渐地平复下来了，于是，我再次提笔，继续写起这封信。说起来，"小正儿"还真是个叫人费解的女孩子呢！不，也并非特指"小正儿"，事实上，一般十七八岁的女孩子，大抵也都同她一个模样，不管是人品好还是坏的，我都全然摸不透她们的性情。每次遇到她的时候，我总觉得自己仿佛就像是第一次翻开西洋书籍，阅读着上头满满的横式文字的杉田玄白那般，陷入了"就像是乘着无舵之船，于大海中扬帆前行。举目所见，尽是汪洋一片，不知该趋向何处，只得在惊骇与迷惘之中，随波逐流"的境地之中。虽然，这样形容或许有点太过夸大其辞，但不管怎么说，她身上所潜藏着的神秘未知确实让我感到有些畏怯。啊，我的注意力又被牵引走了，现在的我，因为她的笑声，不得不再次中断这封信的书写。我丢下钢笔，整个人躺卧于床上，却无论如何，始终无法沉住气。感觉此刻的自己心焦如焚，犹若置身于难能忍受的煎熬之中。于是，我一边翻来覆去，一边对隔壁床的松右卫门先生说道：

"'小正儿'实在很吵耶！"

我带着溢乎言表的不满，说出了这句话。不过，松右卫门先生却只是泰然自若地盘腿坐于隔壁的床上，他一边以牙

签剔着牙,一边嗯地点了点头,随后,他拿起毛巾,慢条斯理地擦拭着自己的鼻头,并对我说:

"这孩子的母亲一定不好。"

(为什么每件事情都是母亲的缘故啊……)我不禁在心里这样问着。

不过,或许"小正儿"真的是被坏心肠的继母给养大的孩子也说不定呢!虽然这时的她,依旧充满活力地不停喧闹着,但于我心中的某处,却忽然触及到一个孤寂的身影。究竟是为什么呢?总觉得今天的我,似乎对"小正儿"特别有好感。

"'笔头菜'曾经说过,这是铃虫在鸣叫呢!"

大概从她说了那句话后开始,我便开始有些不对劲了。

为了女人这般不登殿堂的无谓之事漫扯了如此之多,烦扰之处还请您见谅!

九月七日

生　死

1

昨天写了那么一封奇怪的信给您，实在是非常抱歉！随着季节的更迭，触目所即的景物亦显得焕然一新；那些曾被当作是爱恋，说什么喜欢又多喜欢的东西，到最后，亦不过仅是于心底处，落得一场小小的骚动罢了。什么嘛！这算哪门子的喜欢？一定全是那该死的初秋节候作祟之故。这段期间，我的心一股脑地浮躁了起来，整个人就同只云雀般，叽叽喳喳地喧噪不休。倒是早先那份对于自我的嫌恶，以及反复煎熬着我的强烈悔恨感，业已再无感受到。

刚开始时，我还为这种憎恶感的消失感到不可思议，但是，再仔细想想，这其实也没什么好诧异的，毕竟，我应该已经蜕变成另一个截然不同的男人了，不是吗？此刻的我，已经成为了一个崭新的男人，抛却过去的那份自我嫌恶与悔恨心绪，对现在的我而言，无疑是最大的喜悦。我想，这应该是件可喜可贺的好事吧！现在的我，拥有着身为崭新之人所该具备的爽朗自信。暂居于道场的接下来这六个月中，我打算什么都不去想，仅以一个高贵的"人"的身份，好好地享受一下于质朴的环境中生活与嬉戏的资格——就像歌声千回百转的云雀及清澈的流水般，只是透明而轻快地活着！

在昨天的信里，我如个傻瓜般，不停地夸奖"小正儿"。不过，现在我想稍微收回一些昨天的赞美。事实上，今天发生了一件奇妙的事；为了填补前一封信中的不足，我想及早将这整件事情的经过向您报告一下。既然我是歌声千回百转的云雀，也是清澈的流水，那么，看了信之后的您，可千万别笑我是个轻浮的人喔！

早上的摩擦时间，轮到许久未替我服务的"小正儿"为我摩擦身体。"小正儿"的摩擦技巧极差，而且还十分马虎。如果对象是"笔头菜"先生的话，或许她会刷得相当仔细也说不定；可是，遇上了我，她便是一贯的手脚粗笨外加十足不亲切。像我这样的人，在"小正儿"的眼里，大概只不过同颗路边的小石子罢了吧？唉，反正事实便是如此，我也无法可想。但是，对我而言，"小正儿"绝对不只是颗小石子而已，所以，每次当她为我摩擦身体时，我总是感到几近窒息，整个身体变得无比僵硬，连一句轻松的笑话也说不出口。我想试着开点玩笑，但声音却若哽在喉咙里般发不出来，即便再怎么努力，也无法顺畅流利地说话。结果，到头来，我只能沉默着一言不语，看来显得很不开心似的；而我这样的态度，亦让"小正儿"跟着陷入了困窘之中，因此，当她在帮我摩擦身体的时候，不仅脸上不挂一丝笑容，连话也不会多说上半句。今天早上的摩擦时间也是如此，窘得让人难受。

特别是在她说了那句"'笔头菜'曾经说过，这是铃虫在鸣叫呢！"之后，每当分配擦身人员时，我的心情便不自觉地紧张起来。这是在我给您的信上写了自己"好喜欢、好喜欢'小正儿'"后所发生的事。简单地说，就是一种再怎么做都无法实现，笨拙不堪的心情。不过今天，当"小正儿"在帮我刷背的时候，她竟忽然轻轻地对我说：

"'小云雀',你人最好了!"

我并不觉得高兴,我了解无论我如何去回应都是无济于事的。就像取绰号一样,从她口中能说出这样奉承的话,正足以证明"小正儿"对我只是虚应故事而已。如果她真认为我"为人最好"的话,便不可能如此明明白白、毫不羞涩地将这句话脱口而出。这种细微的人性心理,我还不至于看不清楚。于是,我沉默着,一语不发。这时,"小正儿"又再度小声地开口说道:

"我,有烦恼。"

听到这句话,我不禁大吃一惊。什么嘛,到底是什么糟糕透顶的事情,需要用这种方式说话?真是令人烦厌。此刻,我的脑海中又浮映出了那句"是铃虫在叫"的话,但当下思考起来,却全是负面的感受。我忽然开始怀疑,她该不会是智能不足吧?虽然,从过去,我便一直觉得她的笑声有些白痴愚蠢;而见她现在这个样子,使我更不禁要怀疑,难道她真的是个货真价实的白痴吗?我一边于心中这般想着,一边于表面上佯装出一副漫不经心的模样。我以断断续续的语气装傻充愣地问道:

"哦,那是怎样的烦恼呢?"

2

"小正儿"并没有回答,只是微微地擤了一下鼻子。我侧着头,偷偷一看,不得了,她竟然哭起来了!我这下是真的完全傻眼了。记得我昨天在书信里曾向您说过的吗?"经常开怀笑语的人,会不会同时也是最经常暗自饮泣的人呢?"没想到,这句荒诞无稽的漫言,竟于我的眼前,如此轻易地化作了真实,这让我一下子完全失了魂,感觉自己简直是愚蠢透顶。

"我看,是因为'笔头菜'出院的缘故吧!"我以略带嘲讽的口吻说着。其实,最近在道场里,关于这件事的流言传得风风雨雨,大家都说,"笔头菜"不知是因太太发生了什么事情,因此不得不转往故乡北海道附近的医院进行疗养。这方面的传闻,自然也传进了我的耳中。

"别把人当傻瓜!"

听了我的话,她倏地站起身来,也不管摩擦工作还没有完毕,便一把抱起脸盆,快步地走出房间。望着她离去的背影,我忽然有种想向她表白一切的冲动,心中不由得荡动不已。难道说,她是因为我的事情而苦恼吗?就算我再怎么自我陶醉,也不敢有这样的想法。只是,平时一向朝气蓬勃的"小正儿",这回竟别有意味地在男孩子面前哭泣,随后又在盛怒之下,倏然起身掉头离去,或许,于她身上,真发生了什么重大的事情也未可知。搞不好真的是……哎，无论怎样，自己那份自我陶醉的情绪总不免会冒出头来作祟一下，连带地，刚才那番对她的轻蔑之想，也随之不觉地被抛往九霄云外了。（"小正儿"真的好可爱啊！）我一边胡思乱想，一边有股冲动，想要"哇"地大叫出声，然后跳到床上，伸直双手于空中用力挥舞。话虽如此，但后来，其实什么事情也没发生。实际上，我之后很快便明白了"小正儿"落泪的真正原因——就在我沉浸于妄想之时，正在替隔壁床的"越后狮子"摩擦身体的"金鱼妹"若无其事地告诉我说：

"那家伙挨骂了哟！因为行为有点太过放纵了，所以昨天晚上被'竹子小姐'给念了几句呢！"

"竹子小姐"是助手中的组长，当然有斥责组员的权力。这下子，所有的事情全都明朗了，我总算彻彻底底地搞清楚了，原来根本不是什么"重大的事情"嘛！她在搞什么啊？只不过是被组长骂了几句，竟摆出一副事态严重的样子，哭哭啼啼地说自己"很烦恼"，这也太不像话了吧！另一方面，其实，我自己也觉得很羞愧。我那可悲的自我陶醉，全都被"金鱼妹"跟"越后狮子"给识破了，我几乎可以感觉得到，他们心底的那份悲悯似的讥笑。就算我已经蜕变成了全新的男人，但面对这样的情况，我也仅能乖乖地闭上嘴而已。现在，我对一切的事情，都已经清楚看透了，我打算，今后，要把"小正儿"的事情，全都忘得一干二净。新男人要懂得死心断念才行，那种不成熟的感情，新男人根本不需要。我打算从今以后，对"小正儿"来个彻底的不理不睬。那家伙简直就像猫一样，真的是个无聊的女人。啊哈哈哈哈！我在心底独自大笑了起来。

正午时分,"竹子小姐"端来了饭菜。平时,当她将饭菜置于床铺旁的小桌后,总会马上离开,不过今天,她却停下了步伐,踮起脚尖,眺望起窗外的景象。她走了两三步朝窗边靠去,并将双手放于窗框上,背对着我默默伫立着,见她的模样,似乎是在看着院子里的池塘。我自床上坐直了身,随即开始吃起饭来。身为新男人,即使觉得菜色不好,也绝对不得说出挑剔的话语。今日的菜肴是沙丁鱼串和炖南瓜。沙丁鱼串必须要从头部开始一点一点地吃起,仔细地嚼、仔细地嚼,无论如何,非得吸收其全部的养分不可。

"'小云雀'。"一阵几乎说不上是话语,仅如吐息般的轻柔声响传入了我的耳中,我仰起头,发现"竹子小姐"已不知于何时转过了身,她将双手放在身后,斜倚于窗前面对着我。接着,她露出了那无懈可击的笑容,同样以犹如呼吸般,极其细微的声音向我问道:

"'小正儿'哭了吗?"

3

"嗯。"我以稀松平常的语调回应着。"她说,她有烦恼。"说完,我又继续地仔细、仔细地嚼起了沙丁鱼。为了让身体制造新鲜的血液,这是必要的。

"真是讨厌!""竹子小姐"皱起眉头,轻轻地说着。

"我完全不知道发生了什么事。"新男人应当个性爽直,对女人的纠缠不感兴趣。

"其实也没什么,我只是觉得十分焦虑罢了。"

说完了这句话后,"竹子小姐"的嘴角扬起了一抹恬静的笑容,脸颊也随之泛起了红晕。

看见她的模样,我感到有些慌乱,一口饭连嚼都忘了嚼,便直接囫囵地吞进了肚里。

"你还真能吃呢!"她压低了声音,很快地丢下了这句话,随后便从我的面前走过,离开了房间。

我的嘴巴仍然在无意识地咀嚼着。这是怎么一回事呀?一点小事就大惊小怪的,这也未免太过头了吧!也不知为什么,当时的我对此事相当在意,且非常不开心。你不是组长吗?因为骂人而感到焦虑,天底下哪有这样的事啊?总之,"竹子小姐"的态度,让我打从心底感到不快,我认为,她应该更加振作一点才是。然而,当我盛了第三碗饭后,这下面红耳赤的人却换作了我——原因是,当我盛完饭后,我发现在小饭桶里，竟然还剩下了许多饭。平常，我只要松松地盛上三碗，饭桶内应该就空了；然而，今天，当我盛了三碗饭后，小饭桶的底部，竟然还剩下了足足一碗有余的分量。面对这种情况，我不知自己该说什么才好。我不喜欢人家用这种形式的亲切来对待我，这样的亲切，对我来说完全不会有好吃的感觉。不好吃的饭，既不能化作血，也不能化为肉，它什么都没办法变成，纯粹就只是白白浪费掉而已。对于"竹子小姐"这样的"亲切"，若套用"越后狮子"的说话模式来形容，那就是"'竹子小姐'的母亲，一定是个思想相当陈旧的人吧！"

我一向都只松松地盛上三碗饭，因此，这承蒙关照而多出来的一碗，就这样被我留在了桶子里。

不久之后，当"竹子小姐"带着一副若无其事的澄然表情前来收拾碗筷时，我轻轻地对她说：

"我的饭还有剩哟！"

"竹子小姐"看也不看我一眼，只是径自地打开饭桶的盖子，往里头望了望。

"真是讨厌的小孩！"

她以一种微弱到让我几乎快听不见的声音说着。其后，她端起了碗盘，带着同样若无其事的澄然表情，走出了房间。

"真是讨厌"是"竹子小姐"的口头禅，照道理说应该不会有什么特别的意义才对，不过，听到女人说我"真是讨厌"，我还是觉得相当不开心——不，老实讲，我对于自己被人这样批评，其实感到非常的痛恶。要是换作以前的我，恐怕早已直接朝着"竹子小姐"的脸，一巴掌地打下去了吧！

为什么说我是讨厌的人呢？真正讨厌的人，不正是你自己吗？我曾听说，从前的女佣在为自己喜欢的学徒盛饭时，常会偷偷地将碗里的饭给压实一些，这是多么无知且令人嫌恶，又是多么可悲的爱情啊！这么傻是不行的啊！我以自己身为一名新男人而自豪，对我来说，吃饭这种事情，就算是饭量不够，只要拥有开朗的心情，好好地细嚼慢咽，也一定能够摄取到足够的营养的。我想，"竹子小姐"是个很努力的人，但是，身为女人的她，在某些方面果然还是完全不行。正因为，她平常总是带着冰冷的态度，将每件事情利落地做到最好，所以，当她表演出这种傻事时，就显得更加引人注目，也更加让人感到反感，这不能不说是件遗憾的事情。在这方面，"竹子小姐"还得更努力才行哪！如果换作是"小正儿"的话，就算表现得再怎样失败，也会反过来让人觉得可爱，对她更添几分怜惜之情吧？像"竹子小姐"如此精明能干的女孩做了这样的蠢事，只会让人觉得困扰而已。这一大段的文字，是我利用午餐后的休息时间所写下的。正当我走笔至此的时候，忽然，自走廊的扩音器中，传出了一道指令："新馆的所有学员，请立刻至新馆阳台集合。"

4

于是,我收拾好信纸,前往位于二楼的阳台。昨天深夜,一名住于旧馆,名叫鸣泽糸子的年轻女学员死了。现在,她将默默地退出道场,所以,院方希望,大家都能前来送她最后一程。新馆的男学员共二十三人,加之住于新馆别馆的女学员共六人,所有人神色凝重地于阳台上排成了四列横队,等待着棺木的到来。过了一会儿后,鸣泽那覆盖着白布的棺木,将在秋阳美丽的光芒沐浴下,由亲人护送着,自旧馆走出,它穿过松林间狭窄的坡径,缓缓地沿着县道的柏油路面,一步步地往山下行去。一位应该是鸣泽的母亲的人,亦步亦趋地跟随着棺木前进,只见她一边哭泣,一边还不时地拿起手帕擦拭着眼泪。在这整段路程中,身穿白衣的指导员和助手一行人,也都一直低垂着头,尾随于送葬队伍的后方。

我想,这其实算是好事一件吧!人必须依靠死亡,才能使得整个生命历程变得完整,活着的时候,一切都只不过是个未完成式罢了。昆虫与鸟禽们活着时,活跃地展现了生命的完美,可是死了以后,也不过就是一具尸骸罢了,跟完成或未完成没有任何关系,它们最终的归宿就只有虚无。与此相较起来,人类的生命历程,则是完全相反的一条道途,人只有在死亡之后,才能成为完整的"人",这个看似矛盾的命题,我认为似乎是能够成立的。在鸣泽小姐与疾病奋战至死,然后覆上美丽洁净的白布，于高耸的松林间忽明忽隐地沿着坡道缓缓而去的此刻，她那年轻的魂魄，就是最严肃、明确，也是最胜于雄辩的事实。从今以后，我绝对不会忘记鸣泽小姐。我对着那发光的白布，诚挚地合十祝祷。

不过，您可千万别误解了。我之所以说，觉得"死亡是好事一件"，绝对不是因为把人命看作是可以任意轻贱对待的事物，当然也不是在无病呻吟地卖弄感性，在那边以"死亡的赞美者"自居。只是，由于我总是隔着极其微妙的界线，与死亡比邻而居，因此，对于死亡，我早已不再仓皇失措。关于这一点，还请您千万不要忘记。

览信至此，您想必会觉得，现在日本国内的氛围，正是一片悲愤、反省、忧郁之时，然而我身边所吸吐的气息，却是此般悠闲而明亮，一点肃然的味道都没有。话虽如此，但我必须要说，这也是勉强不得的事情哪！不过，我也并非那种毫无感知，终日嬉笑度日的傻瓜，那是当然的！每晚，当我听完了林林总总的新闻报道，默默地盖上毛毯，准备入眠，同样会有辗转反侧的时候。可是，有关这些于夜里所领悟到的事情，现在的我尚没有做好心理准备，得以全部告知予您，毕竟，我是一个结核病患者。今晚，我又突然咯血了。或许，我不过是个即将步上鸣泽小姐后尘的人而已，至于我的笑容，亦不过仅是那颗落于"潘多拉之盒"一隅滚动着的小石子所散发出的微光罢了。对于一名与死亡比邻而居的人而言，一朵微笑盛开的花朵所带来的感触，远比生死问题还来得深刻许多。现在的我，恍如在幽微花香的引领下，登上了一艘未知的大船，我委身于其间，沿着天际的那道海潮，笔直地漂流前行。这艘所谓的天意之船，究竟将航向哪一个岛屿呢？关于这点，我也一无所知。然而，无论如何，我都必须相信这次的出航。至于生，或者是死，于我的感觉中，那并不是决定人生幸与不幸的关键。当我踏上这艘船的时候，我便已清楚地体悟到了这点。当死者变得完整之际，生者唯须站于远扬的船只甲板上，双手合十地默默祝祷。船，渐渐地驶离岸口。

"死亡是好事一件。"

这，不就像是一名面对挑战驾轻就熟、从容不迫的航海者所会说的话吗？新男人，是绝对不会为生死而感伤的。

九月八日

小正儿

1

这么快就接获您的回音,令人好生感动!于是,我带着思念的心绪,立刻拜读了您的回信。在上回给您写的信当中,我提到了"死亡是好事一件"这么一句容易招人误解的危险言词,不过,您却完全没有将事情给想岔,相反,您似乎正确地理解了我的感受,这实在是让我觉得相当高兴!果然,时代的差距仍是存在的,像这般平静面对死亡的心情,若换作是上一个世代的人来看待的话,想必应如何也无法正确理解吧?

"现在的年轻人,无论是谁,都是从与死亡比邻而居的日子中一路走来的,未必仅限于结核患者。我们的生命早已献给了某人,不再是我们自己的东西,因此,我们也可以毫不犹豫地,轻松委身于所谓的天意之船。这是在全新的纪元里,勇气所呈现的崭新形式。所谓的船只,一板之隔即地狱,此乃自古便已注定之事;但是,相当不可思议,我们对此却一点都不在意。"您信上所写的这些话,倒是和我的认知不谋而合。还记得在阅读过您给我写的第一封信后,我曾冒出"老古板"这样不礼貌的感想,关于这件事,于此,我非得向您致上最深的歉意不可。我绝对不是那种轻慢生命的人,然而,面对死亡,我们究竟是该徒然感伤而消沉,还是该毫无畏惧地勇敢向前?事实证明,当我目送着鸣泽糸子那覆着白布、闪动着美丽光芒的棺木离去后,"小正儿"和"竹子小姐"之类的事情,皆已全然被我抛诸脑后。现在的我,躺于床上,心境一如此夕的秋空,广阔而清澈。走廊上,仍不时传来学员与助手们那千篇一律的招呼声:

"在努力吗?"

"在啊!"

"加油!"

"没问题!"

就如平常一般,在这样的交互应答中,听不到半分调侃,唯是清晰可闻的认真意态,那些率直地谨饬喊叫着的学员,亦倒过来给我一种十分健康的感觉。说句有点装模作样的话,鸣泽糸子离去的那一整天,整座道场似乎都笼罩在一种神圣的氛围之中,我因此而深信,死亡绝不会让人萎靡不振。

对于那些完全无法理解我的思考,将我这样的想法当作是幼稚逞强,抑或视我为自暴自弃的绝望之徒的旧时代者,我实在是感到颇为遗憾。话说回来,能够兼顾旧、新两个时代的情感,而明辨事理的人,实是相当稀少吧?的确,我们的生命轻如鸿毛,但,这并不意味着我们就应轻贱生命;相反,正因为生命轻如鸿毛,所以我们更应好好珍惜,如此,我们才能借着生命的羽翼,早日飞向更加遥远的地方。

真的,不管是爱国思想也好、战争责任也好,当大人们正在理所当然地议论纷纷、大放厥词之际,此刻的我们,应当将他们抛于一旁,并遵循着伟人直接阐述过的话语,积极地准备扬帆出航。新日本的特征,应当于这样的地方表露无遗。

从鸣泽糸子的死，我竟发展出了如此完全出乎意料的"理论"。但是，我并没有因这样的"理论"而感到自鸣得意。新男人原当默默委身于新造的大船，然后将船上不可思议的快乐生活告诉大家，这才是最高兴的事。那么，就请您再继续听听，一则关于女人的故事吧！

2

您于信中,似乎极力地在为"竹子小姐"辩护对吧?如果您真的那么喜欢她的话,直接写信给她也是无妨的。不,与其写信,倒不如……嗯,跟她见个面如何?过几天,您不妨抽个空来探视探视我,这样的话,不只可以见到"竹子小姐",还可以顺便至我们的道场逛逛,感觉起来倒是个不错的行程。可是,我必须要提醒您,如果您见到她,或许会感到幻灭也说不定喔!为什么?因为,不管再怎么说,"竹子小姐"总是个"魁梧"的女孩,论起腕力,搞不好她比您还强上好几倍呢!依照您信上的说法,您认为"小正儿"哭泣一事,算不上什么问题,不过,"竹子小姐"那句"我很焦虑",却是相当严重之事。关于您的这番论调,我倒也曾经想过,就如同"小正儿"跑来跟我说她有烦恼然后哭泣这件事一样,"我很焦虑"这句话,不正也是"竹子小姐"在我面前吐露真心的证据吗?只是,这实在是太过自我陶醉的想法,所以我连想都不敢想。"竹子小姐"是个身材高大,半点女性魅力都没有的女孩,平常又一直被工作追着跑,不管怎么说,都不像是那种会有时间去考虑其他事情的人。身为助手们的组长,她总是严整地挑起重责大任,然后勤奋地将所有的工作做好。她就只是这样的一个人而已。在事情发生的前一天,"竹子小姐"斥责了"小正儿";后来,她通过其他的助手得知,"小正儿"的情绪因此消沉，甚至还哭了。于是，她自觉自己的责骂方式或许过于严厉，故此而有所担忧，所以，她才会在我面前说出"我很焦虑"这样的话。当然，在那种场合讲出这般的话，的确显得十分说不过去，但，这应该算是最为健康的推论了。难道不是吗？女孩们无论如何，总还是会以自身的立场为优先考量的。像我这种新男人，面对女性的时候，是绝不会陷入自我陶醉当中的。我再强调一次，"竹子小姐"对我，绝对没有所谓的"喜欢"这回事，就连一丝类似的情感也没有。

的确，当"竹子小姐"说出"我很焦虑"这话之时，她的脸确实是红了，不过，那是因为她的焦虑是源自对"小正儿"的训斥，因此，当她忽然说出这句话的时候，难免是会让人觉得另有弦外之音的。她猛然察觉到了这一点，并由是感到有些惊慌失措，故而红了脸，如此而已，再不会有其他原因——说起来，这还真是个无聊的理由哪！

除此之外，那日，先是"小正儿"到我这儿来哭泣，再有"竹子小姐"的焦虑，以及为我的多添菜饭等，要解释在这一天当中所发生的这一连串不寻常的事，还有一件重大的事实非得列入考虑不可，那便是鸣泽糸子的死。

鸣泽小姐的死去，正好是事件发生的前一晚之事，从这点看来，喜欢夸张大笑的"小正儿"挨骂是可以理解的。助手们与鸣泽小姐相同，都是年轻的女孩子，因此，鸣泽小姐之死所带给她们的情感冲击也势必格外强烈吧？而且，女人似乎极容易陷溺于陈腐的感情桎梏之中。正因为孤寂、迷惘，故而才会表现出诸如"多添一碗饭"之类的善意。很奇怪的心绪吧？总而言之，那一天，大家都不太对劲，简直就像是被鸣泽糸子的死给猛烈纠结在了一起似的。因此，不管是"小正儿"也好，"竹子小姐"也罢，根本是不可能对我抱持着什么特殊情意的，这简直是开玩笑。

　　如何？我这样说，您明白了吗？即使这样，您还是喜欢"竹子小姐"吗？那么，就请您来我们的道场走访一遭，实际拜会一下这些人、事、物吧！只是，我还是觉得，比起"竹子小姐"，"小正儿"倒还更有一份清新可人的气息——当然，这仅是我个人的主观看法而已。我知道，您似乎很讨厌"小正儿"；但是，试着改变一下想法如何？毕竟，"小正儿"也确实有她好的地方存在。事实上，前天的时候，"小正儿"在我的面前，展现出了她本质中相当美好的一面。既然我说过要改变您对她的想法，那么今天，就让我借这个机会，将这件事情的始末好好地向您说明一番。我相信，您听完了之后，必会也开始变得喜欢"小正儿"才对。

3

　　前天，跟我同病房的西胁——也就是"笔头菜"先生，不知是太太出了什么事情，所以必须离开道场。那天似乎正好也是"小正儿"的公休日，因此，她与"笔头菜"约好，要一路送他至E市。听闻这个消息后，大约从那之前的几天开始，学员们便开始半开玩笑半强迫地，要求"小正儿"带些伴手礼回来。"小正儿"像是对此颇有经验似的，毫不迟疑地便通通应允了。前天一大早，便见她穿着一条用久留米花布做成的青底白花工作裤，兴冲冲地跟于"笔头菜"的后头出了疗养所。然后，到了下午三点左右，当我们正开始做伸展运动之时，"小正儿"带着一脸笑容回来了，见她的模样，一点也不像是刚同爱慕者分离的样子。她在房间与房间当中来回穿梭，一一将约定好的伴手礼分送给学员们。
　　在这个人手不足的时代里，很多好人家的女孩也必须要外出工作，"小正儿"应该便属这其中之一。她总是带着几分玩乐的心态工作着，加之荷包满满之故，为人总是十分慷慨大方，这似乎也是她备受学员们欢迎的另一个主因。说实话，在这样的时候能收到伴手礼，还真是件相当奢侈的事。"小正儿"这次所带回的伴手礼，是面大小约一两寸的玩具镜子，在镜子的背面，还贴有电影女星的照片。不知她是自什么地方、于什么情况下入手的？在从前，这种东西都是那种卖糖果饼干的小杂货店所赠送的纪念品,虽然在当时都是免费的赠品,不过现在若要买到这些东西,想必绝对不便宜吧?"小正儿"大概是恰巧找到了哪家小杂货店或玩具店的存货,因而才能像这样一次买个好几十面回来吧!总之,这还真是标准的充满了"'小正儿'式思维"的伴手礼。学员们对于镜子背面的电影女星照片似乎特别钟爱,甚而还因此引发了一阵很大的骚动。在这当中,"卡波雷"也向"小正儿"要了一面。至于我,向来就不喜欢接受女孩子的馈赠,再加上一开始也没有强要她带伴手礼回来,所以,若是自己也和大家一样接受她的恩惠,拿面玩具镜子回来,那岂不是太无聊了吗?就在我这样想着的时候,"小正儿"走进了我们的房间,并亲手将一面镜子交给了"卡波雷"。

"'卡波雷'认识这位女明星吗?"

"不认识,不过是个美女呢!这么一说,倒觉得她长得和'小正儿'有点相像呢!"

"哎呀,讨厌!这是达丽丝啦!"

"什么呀,是美国人吗?"

"不对,是法国人哟!她之前还曾到过东京呢!很受欢迎的哟!你不知道吗?"

"不知道!管他法国人还是什么人的,总之,我还给你就对了!洋婆子有什么好的,难道不能换成日本明星吗?能够换掉的话我才要。至于这个,我想,就留给旁边的那个'小云雀'去用吧!"

"你还真舍得呢!这可是特别要送给你的耶!至于'小云雀'那家伙,我才不给他呢!他心眼最坏了,我绝对不给他!"

"是吗?那么,这个什么丝……丝妞的,我就不客气地收下啦!"

"是达丽丝啦!"

聆听着他俩的谈话,我笑也没笑,继续做着我的伸展运动,毕竟,他们的对话实在不怎么有趣。我就这么惹"小正儿"讨厌吗?要说到被她喜欢,我当然不敢奢望;但没想到她竟是如此憎恶、排斥我,这是我连做梦也料想不及的。人类就算身处于最深的谷底,亦还是会期盼于自己的脚下,尚有更深一层的底端存在,毕竟,归根结底,人类是不时沉醉于自己所造就的幻影当中的生物。我知道,现实是严酷的,可是,我究竟是哪里不好,能惹得她这般嫌恶?我下定决心,这次定要向"小正儿"问个清楚。不过,没料到的是,机会竟比我所预想的更早到来……

4

那天下午，四点刚过，疗程来到了自由活动时间。我坐于床边，心不在焉地眺望着窗外的景色。就在此时，换上白衣的"小正儿"忽然拿着洗好的衣物，走到了庭院当中。当下，我立刻不假思索地站了起来，将上身探出窗外。

"'小正儿'！"我轻轻地唤了她一声。

"小正儿"回过头，发现是我，不禁笑了笑。

"你不给我伴手礼吗？"我有若试探似的如此问着。

"小正儿"没有立即回答，她流露出一副小心谨慎的模样，迅速地转动身子向四周张望着，像是在确定没有其他人看见。

现在，正是道场中最为安静的时刻，四下一片鸦雀无声。"小正儿"僵硬地笑着，并将手轻轻地置于嘴巴旁，似乎是要说声"啊"似的，将嘴张得大大的，接着，她噘起了嘴，把下颚用力地往前伸，然后，再把嘴巴打开至一半的大小，使劲地猛点头，最后，她将嘴张开了三分之二，随之又继续地使劲点头。在这过程中，她完全没有发出任何声音，完全是透过嘴形来向我传达讯息。我立刻明白，她所说的是：

"等、我、一、下。"

虽然已经明白了她的意思，但我还是故意用嘴形传语反问着她："等、我？"于是，她再一次一字一字清楚地用唇语对我讲道："等、我、一、下。"她同个小孩子般，一边对我再三点头，一边以可爱的动作传递着讯息。她那遮于嘴边的手掌，就像是在说着"秘密！秘密哟！"似的，正轻轻地摆动着。其后，她便紧紧地缩起了肩膀，踏着小碎步，笑着往别馆的方向跑去了。

"等我一下，是吗？船到桥头自然直，对吧？"我一直于心中喃喃复念着"小正儿"方才所说的话，接着，整个人砰地一声，跌到了床上。关于我当时心中的兴奋之情，我想应该没有必要于此多作说明，毕竟，聪明如您，应该能够明了的才对。

然后，到了昨天晚上的摩擦时间，我从"小正儿"那里拿到了"等我一下"的伴手礼。事实上，自昨早开始，我便不时看见"小正儿"若有所思地在廊上徘徊着，在她的围裙底下，似乎藏着什么东西。我想，她裙下所藏着的，或许正是打算偷偷送给我的礼物吧！只是，我并不能大胆厚颜地直接靠近她，伸手向她讨要礼物。毕竟，如果她反过来撂下一句"你要干什么？"那可就成了奇耻大辱了！所以，我唯能佯装出一副什么都不知道的表情。然而，那果然是要送给我的礼物没错。

昨晚七点半的摩擦时间，正好轮到已有一周未为我服务的"小正儿"替我摩擦。只见"小正儿"左手抱着金属脸盆，右手藏于围裙之下，笑盈盈地走了过来。她在我的床边蹲了下来。

"你还真是坏心眼呢！呐，这是你一直没过来拿的东西。从早上开始，我就一直在走廊上等你，等了好几遍呢！"

说着，她拉开床下的抽屉，迅速地将藏于围裙下的东西塞进里头，然后随即将抽屉给紧紧关上，连一丝缝隙也没有留下。

"不可以说哦！对谁都不可以说哦！"她对我如此叮咛着。

我侧躺于床，对她微微地点了点头。当摩擦开始进行的时候，她对我说道：

"说真的，我好久都没帮'小云雀'你摩擦身体了呢！一直都没有轮到班，想拿个礼物给你，都不知道该怎么办才好，还真是伤脑筋呢！"

我抬起手，于自己的脖子附近，做了个打结的动作。（是领带吗？）我以无声的方式向她询问着。

"不对喔！"她噘起了下唇，并压低声音笑着否定，"傻瓜！"

事实上，我真的是个傻瓜没错，我连套西装都没有，怎么会想到领带这种奇怪的礼物呢？关于这点，就连我自己都觉得相当不可思议。或许，是由于那小小的怀中镜，令人下意识地联想到领带也说不定吧？

5

接下来，我用右手做了个写字的动作，再次向她提出询问。（是钢笔吗？）其实，我是个挺任性的人，大概是因为目前手上的这支钢笔的状况已经糟到不可收拾的地步，因此在潜意识里，想要有支新笔吧？所以在这时，便突如其来地将自己的潜在想法给比画了出来。我打从心底，对自己的厚颜无耻感到无言。

"不对喔！""小正儿"果然还是摇着头，送出了否定的答案。这下子我真的技穷了，完全猜不出那会是怎样的礼物。

"这礼物或许有点粗俗，不太适合送人也说不定，但，这可是店里唯一剩下的一个了哟！虽然说，上头的装饰也算不得高雅，不过出院后倒是可以随时带在身上使用的。因为'小云雀'是绅士，所以一定要有一个这样的东西才行喔！"

她越是这样说，我越是觉得一头雾水。难道说是拐杖吗？

"总之，谢谢你了！"我一边翻过身，一边对她说道。

"道什么谢啊！你还真是个傻孩子呢！赶快好起来，然后从这里消失吧！"

"谢谢你的关照了。不如，就干脆让我死在这里吧？"

"哎呀！不行哟！如果你真的这样的话，会有人哭泣的哟！"

"喔？是谁呢？难道是'小正儿'你吗？"

"别那么自以为是！我又不是那种爱哭鬼。再说，我也没有哭的理由不是吗？"

"我想也是。"

"不过，就算我不哭，但会为'小云雀'哭泣的，也还是大有人在呀！""小正儿"露出了有些认真的神情，细细地思索了起来，随后继续说道："三个人……不，至少会有四个人喔！"

"哭泣这种东西，一点意义都没有。"

"谁说的？当然有意义啊！"她坚决地如此主张。接着，她将嘴巴贴近我的耳根处，压低声音地对我说着：

"'竹子小姐''金鱼妹''洋葱'……还有'霍乱'？"

她弯着左手的指头，一个接着一个地数着，说着说着，又不禁"哇喔！"地笑了起来。

"'霍乱'也会有哭泣的时候吗？"听到她的话，我也忍不住跟着笑了起来。

那天晚上的摩擦时间很快乐。我已经不再像先前那样，以僵化的态度来看待"小正儿"了。总觉得，现在的我，对于所有的事情，似乎都已能用一种仿佛站于高处向下俯瞰般的冷静、从容心态加以对待。所以，跟她自由谈笑当然也不成问题了。换句话说，这或许是由于我将这半个月来，那种想要讨女孩子欢心、压得让自己喘不过气来的欲望，全部彻底舍却之故。我深深地感觉到，就在此刻，自己的内心，已十分不可思议地变得无拘无束、悠游自在了起来。喜欢也好，被喜欢也好，都如同五月的风沙沙吹过树叶般，云淡风轻。

我不再作茧自缚。身为新男人，我又往前跃进了一步。

当天晚上，在摩擦时间结束，进行报告播送的时候，我通过扩音机，听到了美国进驻军正渐渐地接近本地的消息。我一边听着，一边将手探入抽屉，拿出"小正儿"所送的礼物，解开包装。

那是个三寸大小，外表呈现四方状的小包裹，里面所包着的是个香烟匣。

"……出院后可以随时带在身上使用。因为'小云雀'是绅士，所以一定要有一个这样的东西才行喔！""小正儿"先前那些听来完全不可解的话语，这下子全都一清二楚了。

我将香烟匣自包裹中取出，带着惊喜的心情，反反复复地玩弄端看着。就在我看着它的时候，不知怎么，一阵强烈的悲伤突然袭来，我整个人闷闷不乐了起来。我想，这应该不全是因为听了新闻报道的缘故……

6

那是一个以不锈钢制成，外表同蛋糕刀般镀上了层类似铬的金属的银色扁平小匣子。在它的盖子上，布满着宛若蔷薇藤般的黑色细纹，盖子的边缘还被涂了一圈暗红色如同珐琅般的物质。如果没有那圈珐琅就好多了，正因为有着这圈毫无必要的珐琅装饰，它才会一如"小正儿"所描述的，看起来"有点粗俗"，而且也"不高雅"。但，这可是"小正儿"好不容易买回来送我的，因此再怎么说，都应该好好珍惜才对。

不过，我虽然心怀感谢，但却一点也不愉快。实在不该开口要东西的。我，真的一点都没有高兴的感觉。虽然说，从女孩子那里拿到礼物，对我来说这还是头一遭，但不知怎么，竟只觉得胸口闷得发慌，感觉自己根本不该收下这份礼物的——收下了它之后，残留于心的，只有糟糕透顶的感觉。我将香烟匣藏入抽屉里最深的角落，希望早一点将它忘掉。

关于香烟匣的事，就于此暂且打住。这一大段话虽然有点多余累赘，但我不过是想透过阐述这整件事的来龙去脉，多少让您明白一些"小正儿"的好。因此，才会事无巨细地从始至终，对您作出如此一番完整的陈述。您看完之后，觉得如何呢？是否稍微改变了对"小正儿"的看法？又或者，您依然还是认为"竹子小姐"比较好？关于这点，请务必让我再听听您宝贵的想法。

今天,隔壁"天鹅之房"的"硬面包"搬迁到了原属于"笔头菜"的那张床位。"硬面包"的原名叫须川五郎,今年二十六岁,据悉原本是名法律系学生,在道场里似乎颇受欢迎。他有着一身淡黑色的肌肤、粗密的眉毛,以及一双转个不停、闪动着锐利目光的大眼,在他的鹰钩鼻上,始终戴着副圆形的粗框眼镜。总之,无论怎么看,都是个很难让人产生好感的男人。尽管如此,对于助手小姐们,他的出现,却似乎总能掀起一阵巨大的骚动。看样子,在男人眼中越是讨人厌的家伙,对女人来说反倒越为趋之若鹜呢!"硬面包"的出现,使得"樱之房"原本的气氛明显变得怪异了起来,特别是"卡波雷",他似乎早先便已对"硬面包"略怀敌意了。

在今日晚饭前的摩擦时间里,助手们一如往常地争先恐后拥向"硬面包",向他询问着有关英文的问题:

"呐,教教我啦!'我很抱歉'用英文怎么说呢?"

"矮、杯葛、优儿、趴顿。(I beg your pardon.)""硬面包"颇为装腔作势地回答着。

"好难记哦!没有更简单的说法吗?"

"非离、说离。(Very sorry.)"不管怎样,他说起话来,就是一副装模作样的德行。

"那么,"另一名助手问道,"'请多保重'该怎么说?"

"铺历史、贴卡、欧夫、优儿谢夫。(Please take care of yourself.)"把 take care 念成"贴卡",这种怪里怪气的语调,听来实在叫人极度反感。

话虽如此,助手们却也黑白不分,依旧钦佩不已地围着他东问西问的。"卡波雷"对于"硬面包"的英文能力似乎比我更为不服气，只听他小声地哼起他那一向引以为傲的"都都逸"小调：

"将来是学者还是大官呀？好个书生两袖清风……"

"卡波雷"有些神色焦躁地唱着，他刻意哼着语带嘲讽的歌词，摆出一副像是要积极牵制"硬面包"的模样。

不过，我倒是没受到什么影响，精神好得很。今天称体重时，发现自己还胖了将近一公斤半呢！愿您也跟我一样，一切平安顺利。

九月十六日

关于卫生

1

最近我老是写些女人的事情，对于同房间诸位前辈们的状况，却反而疏于向您报告了，因此，今天，我想首先向您报告一则有关我们"樱之房"学员的消息：昨天，"樱之房"发生了吵架事件——"卡波雷"终于公然向"硬面包"挑战了。

导火线是因为一罐梅干。

关于这件事，说起来实在是有点复杂，简单地说，"卡波雷"原本有个濑户烧①的小坛子，里面装着一些梅干，每当吃饭的时候，他就会从床铺下的置物柜里将坛子拿出，然后就着梅干配饭吃。不过，就在某一天，当他一如往常地将罐子取出时，却发现里头的梅干竟已经开始发霉了。看到这种情况，"卡波雷"不禁猜想，这应该是容器的问题所致，他觉得，一定是小坛子的盖子不够密合，让细菌潜入，方使得里面的梅干滋生霉菌。"卡波雷"是个相当爱干净的人，所以对此非常在意，也因此，他从很早以前开始，便一直想要找个更适合的容器来替代原本的小坛子。结果，昨天早餐时，隔床的"硬面包"每次用餐必带、用来装辣韭的瓶子刚好空了，"卡波雷"恰巧瞥见了那个空瓶子，认为那正是最适合拿来装梅干的容器。它不仅瓶口大，而且能够盖得十分紧密，不管

---

① 日本爱知县产的著名瓷器。

是什么样的细菌，应该都跑不进瓶里去的。而既然瓶子已经空了，那么"硬面包"理当会很爽快地答应借给他吧？虽然，要向"硬面包"低头，总觉得有些心不甘情不愿，但为了防止细菌，无论如何，他都需要这个辣韭瓶，毕竟，不重视卫生可是不行的哪！抱持着这样的想法，"卡波雷"在吃完饭后，战战兢兢地去向"硬面包"央求，希望能向他借用那个空瓶。

听了"卡波雷"的话后，"硬面包"直盯着他的脸问道：

"这种东西，要它做什么用？"

"硬面包"的这种说话口吻，让"卡波雷"的情绪不禁激动了起来。之前，两人间的关系原就是暗潮汹涌，乌云压顶。"卡波雷"一向以健康道场第一美男子的身份自居，不过，最近这一阵子，随着"硬面包"的评价显著高涨，"卡波雷"也跟着首当其冲，其于众人心中的形象业已变得日益薄弱模糊了起来。

"这种东西？须川先生，用这样的语气说话好吗？""卡波雷"回应着，讲话的口气也变得有些不对劲。

"有什么不好的？""硬面包"笑都不笑地说着。自他说话的语气可以清楚地感觉出，这个人的的确确是个刻板又装模作样的男人。

"你还真能装傻呢！""卡波雷"像是在压抑着怒气似的，脸色僵硬地勉强笑着说："难道说，我是在跟你借猪尾巴吗？'这种东西？'说得那么不屑，你是把我当成什么了啊？"说着说着，他口中所吐出的话也变得越来越怪异了。

"我从来就没有说过什么猪尾巴的事。"

"你还真是搞不清楚状况的人哪！""卡波雷"的讲话态度变得更加激烈，"如果这位先生您说的不是什么猪尾巴，那么您干吗不直接跟我说：'抱歉，我没办法把瓶子借给您。'这样难道不行吗？别把人当傻瓜！大学生也好，泥水匠也好，不同样都是日本国的臣民吗？然而，你竟把我当作猪尾巴一般看待！我告诉你，若说我是猪尾巴的话，那么先生您就是蜥蜴尾巴啦！要是一视同仁的话，就是这样子啦！对，我是没学问，不过至少我还懂得注重卫生。人如果不懂得卫生，岂不是跟畜生一样吗？"

什么跟什么啊？讲到最后，根本已经变成了一长串没头没脑的口舌争辩了！

2

面对"卡波雷"的纠缠不休,"硬面包"干脆来个不理不睬,他将双臂交叉枕于脑后,仰面朝天地躺于铺上,摆出一副十足潇洒豁达男子汉的模样。相对的,"卡波雷"则是盘腿坐在床上,身体正左右前后地摇晃着,只见他一下子卷起袖子,一下子又用拳头砰砰地敲打着自己的膝盖,频频露出焦躁不安的神情:

"喂!那边的大学生,你有没有在听啊!你该不会是想用柔道来对付我吧?听说大学生经常会来这一招,我好害怕喔!不过,很抱歉,在你面前的这家伙可是不吃这套的啦!把话给说个清楚明白怎样?这个道场,既不是柔道道场,也不是修炼美男子课程的地方。'清盛'场长不久前在演讲中不也是这么说的吗?'各位都是选手,是将结核病一定可以痊愈的证据展现于日本全国国民面前的选手啊!'场长接着还说,他'由衷地希望大家善自珍重'呢!那时候,我的眼泪简直都要流出来了。男子汉见义勇为,说的就是这样的道理吧!严格讲起来,勇,还可以分成大勇和小勇。因此,对一个人来说,这智、仁、勇三者才是最重要的,至于讨不讨女人欢心,那绝对不是问题所在。"卡波雷"所讲出来的,全是些漫无着地、支离破碎的言语,然而,他对此似乎毫不在意,只见他脸色铁青,说话的声音也愈加激昂:

"所以，所以呀！重视卫生，可说是再理所当然不过的事了啊！平常我们所谓的卫生，就是小心火烛，所以，我在这里想说的就是：这实在是非常无礼！将一个人与猪尾巴相提并论，这绝对是件万不应该的事情……"

"够了，够了。"

就在这个时候，"越后狮子"终于出面打圆场了。在之前两人争执的过程中，"越后狮子"一直静静地躺在床上，不过这时，只见他蓦地翻身下床，来到"卡波雷"的背后，轻拍着他的肩膀，并以带着点威严的语气对他说道："够了，可以停了。"

"卡波雷"迅速地转过身，一把抱住了"越后狮子"，接着，他一头埋进了"越后狮子"的怀里，开始断断续续地哇哇大哭了起来。走廊上，有五六个其他病房的学员们正在外徘徊着，并不时地朝着房里探头探脑。

"不要看了！""越后狮子"对着那些走廊上的学员大声呵斥着。虽然他仍是一派威严，但脸色却已显得有些难看。"我们不是在吵架啦！只不过是、不过是，唔唔……只不过是、不过是，呃……"他支支吾吾了老半天，最后实在是想不出该如何接话，于是便求救似的对着我瞥了瞥眼。

"在演戏。"我小声地对他说。

"只不过是……"听了我的话后，"越后"抖擞起了精神，大声地喊道："戏剧效果啦！"

他所谓的"戏剧效果"究竟是什么意思，我想就连"越后"自己也搞不清楚，总之，我想他大概是觉得完全照着我这后生小辈所告诉他的话来说，显然有失体面，因此才在那一瞬间，讲出了"戏剧效果"这般罕见的字眼吧！或许，所谓的"大人"，一直都是在这种不得不保持体面的状况下勉勉强强地活着的吧！

"卡波雷"依旧像是头被成年狮子所怀抱着的幼狮一般，脸庞一动一动地不停抽泣着，随后，他开始以含糊不清、断断续续的口吻，絮絮叨叨地向"越后狮子"诉起了苦。

3

"有生以来，我从来没有被人这样羞辱过！我的家教也不差啊，至少，我从来都没有挨我父亲打骂过！可是，竟然有人把我跟猪尾巴同等看待，这简直就像是把我丢到锅里跟猪内脏一起煮了般！我可是中规中矩地跟他打招呼，说的都是一等一的好事，还特地挑选了个最妥当的时机说话了啊！真的啊！我本来就只打算讲这件一等一的好事啊！不过你看，那家伙躺在床上，装得一副没事人的样子，这是什么态度嘛！人家要说的可是一等一的好事哪！结果他竟然摆出那种态度！这个无情的世界，是多么让人痛恨啊！人家说的明明就是一等一的好事啊……"

就这样，"卡波雷"一次又一次地，反复说着相同的话语。

"越后"静静地安抚"卡波雷"躺回床上，"卡波雷"背对着"硬面包"，卧于床上两手掩面地啼泣了好一会儿后，终于才像是睡着了似的平静了下来。甚至直至八点钟的伸展运动时间，他还是一直保持着这样的姿势，一动也不动的。

这实在是很莫名其妙的一段争吵。不过，到了第二天的午餐时候，"卡波雷"便已完全恢复了原来的样子，而"硬面包"也将原本那个装辣韭的空瓶洗得干干净净地带了过来。

"请收下吧！""硬面包"一边这样说着，一边相当诚恳地将瓶子递了过去,"真是不好意思!""卡波雷"也客气地点点头,然后将空瓶顺手接了过来。接着,午餐结束后,"卡波雷"的梅干便一颗一颗地从濑户烧的小坛子里乔迁到了辣韭瓶中。我想,这世上的人们如果都像"卡波雷"那样干脆的话,那么,这世界应该会变成一个更适合人安居的地方吧!

关于吵架事件的报告,我想大致就到此为止。接下来,我还有另外一件事情想向您简单报告一下。

今日午后的摩擦时间,是由"竹子小姐"为我服务。在摩擦的过程中,我向她略微提起了您的事:

"有人说,他很喜欢'竹子小姐'喔!"

"竹子小姐"帮人摩擦身体的时候,几乎从不开口说话,在她的脸上,永远都是挂着那抹幽静的、淡漠的微笑。

"他说,'竹子小姐'比起'小正儿'要好上十倍。"

"谁呀?"沉默的女子听到了这句话,终于也忍不住地小声开口问道。"胜过'小正儿'"这样的称赞方式,似乎在她身上非常受用。女人啊,还真是肤浅的动物哪!

"你觉得高兴吗?"

"嗯。"

"竹子小姐"只应了这么一句,然后就又继续使劲帮我摩擦起身体。我看她皱起了眉头,表情似乎不太开心,于是我问:

"生气啦?这个人可是个相当不错的家伙喔!他是诗人哟!"

"讨厌啦!'小云雀',现在这种时候,讲这样的话是不行的啦!""竹子小姐"一边说着,一边以左手的指甲将自己额上的汗珠拭去。

"是吗？那我以后就不告诉你这样的事情了喔？"

听了我这么说，"竹子小姐"忽地变得沉默下来，随后又开始继续默默地为我摩擦身体。当摩擦时间结束，准备起身离开的"竹子小姐"突然拢了拢两鬓垂下的头发，然后对我露出了一个微妙的笑容，她开口道：

"委立、收欧立。"

我想，她应该是要说"很抱歉"吧？说起来，"竹子小姐"也的确是个不错的女孩就是了。怎么样？最近您就抽个空到我们的道场来一趟，见见您最喜欢的"竹子小姐"如何？我是开玩笑的，抱歉啦！近来早晚凉意渐浓，希望您和我们一样，经常注重卫生，小心火烛，也希望您能够连同我的份一块儿加倍努力用功求学。

九月二十二日

大波斯菊

1

感激您的迅速回复。一接获您的信，我便立刻带着愉悦的心情加以拜读。进入高等学校之后，课业一定相当繁忙吧？要写这么长的一封信，肯定十分不容易。因此，我想，今后您不必每次都回那么长的信了，无论如何，千万不要让回信阻碍了您的学习，这点还请您务必留意。

您在信里指责我，说我向"竹子小姐"提起您的事情"真是岂有此理"。唉，我还真是好心被当成驴肝肺了哪！至于，您在信里说："我已经没办法过去探望您了。"这句话我就更没办法苟同了。您的气度也实在太小了，要是没办法无拘无束地跟"竹子小姐"打招呼的话，就称不上是新男人了。如果是这样，那我想您还是干脆远离女色吧！古人曾经说过："诗三百，思无邪。"而关于那些天真烂漫之想，就将它留于心底深处吧！

前些时候，我告诉隔壁床的"越后狮子"："我有一位好朋友，他是个喜欢研究诗词的人喔！"结果，一听我的话，"越后"即刻极其武断地下定论道："诗人啊，都是些矫揉造作、令人生厌的家伙呢！"听了他的评语，我不禁感到有些光火。"但是，自古以来，人们不都说'诗人让语言焕然一新'吗？"我不甘示弱地顶了回去。对于我的反驳，"越后狮子"只是淡淡地笑了笑。"或许真是这样吧？毕竟，像现在这种时候，没有崭新的创意还真是不行呢！"虽然他的回答仍然有些不置可否，不过，我可以感觉得出，他的语气似乎不像刚才那般充满轻蔑了。尽管聪明如您，应该早就已经注意到了这方面的事情，但是，我还是想要提醒您，从今以后，无论如何，对于诗、文的修习都应当要更加努力才行，不管遭遇什么事情，都请务必拿出您身为新男人的本色去面对它，这是我对您诚挚的请求。除此之外，虽然，这么说或许会让您觉得我妄自尊大，觉得我摆出一副前辈的架子在教训您，但我还是要提醒您，不管怎样，都不要太过在意"竹子小姐"的事。如果还是不行的话，就请您拿出勇气，拜访一下道场吧！就算只是看上一眼也好，一看到"竹子小姐"本人，我想，您的幻想应该立刻就会烟消云散了才对，毕竟，她只是个身材高大，像鱼市场架子上的真鲷一样的女人嘛！不过，尽管我这样说，但我想您应该还是会继续在意"竹子小姐"下去的对吧？相反，即便我在信里一再地强调"小正儿"的种种可爱之处，您却这么告诉我说：

"'小正儿'这样的女性，就跟成不了气候的电影明星没什么两样。"您怎么可以这么说呢？对于您一直以来这般不认可"小正儿"，却总是一味地"竹子小姐"长、"竹子小姐"短的态度，我实在是无言以对。正因如此，所以在这封信里，我想我必须要暂时搁置一下关于"竹子小姐"的报告，如果因此让您热过了头，因单相思而卧病在床，那可就糟糕了。

今天，就让我来介绍一段关于"卡波雷"创作俳句的故事吧！在这个星期天的励志广播中，将要举行学员文艺作品发表会，举凡对和歌、俳句、诗歌有自信的人，一直到明天晚上之前,都可以向道场事务所提交自己的作品。作为我们"樱之房"的代表,"卡波雷"也将提出他引以为傲的俳句进行参赛。所以,打从两三天前,他便开始不时地将铅笔夹于耳畔,在床铺上正襟危坐地摇头晃脑认真推敲着字句。就这样,到了今天早上,他终于像是大功告成似的,将写在信纸上的那短短十节俳句,展示给同室的我们览看。他首先将稿子拿给了"硬面包",不过"硬面包"却只是苦笑连连,直说"对不起,我看不懂",然后就马上将信纸塞还给他了。接着,他又去拜托"越后狮子",请他务必赏脸批评赐教,只见"越后狮子"弓着背,盯着纸张,一字一句地仔细阅读着,之后,他竟如此说道:

"真是不像样!"

我想,就算是说声"不好"或是其他什么的,恐怕也没有"真是不像样"这样的批评来得强烈吧……

2

听了"越后"的严厉批评,"卡波雷"苍白着脸,吞吞吐吐地问道:

"不行吗?"

"你去问问旁边那位小老师吧!""越后"一边说,一边使劲地以下巴朝着我的方向点指着。

于是,"卡波雷"只好拿着信纸来到我的面前。我不是个风雅之士,对于俳句的奥妙之处当然丝毫不能体会,因此,照道理说,我应该要像"硬面包"一样,马上把信纸退回去,并请求他的谅解才对。但是,看见"卡波雷"一副可怜兮兮的模样,我又忍不住想安慰安慰他——虽然我自己对这玩意儿也不太理解就是了。总之,我还是拜读了他写下的那十行俳句。读完之后,我感觉,似乎其实也没有那么糟嘛!真要说的话,就是句子太过平淡无奇了些,不过,如果换作是我,我想就算是要写出个普普通通的句子,恐怕也得累瘫了一身骨头吧?

"枝头乱开放,幽幽香香少女心,野菊一模样。"虽然有点奇怪,不过就我看来,倒也没有那么不入流到要生气地说出"不像样"三个字的程度吧?然而,当最后一节俳句映入我的眼中时,我不禁吓了一跳。看到这段文字,我终于能充分理解"越后狮子"为什么会那么生气了。

露水之世间，当为露水之世间，尔等胡不归？①

这是从某位俳人的句子里照抄过来的吧？这样怎么行呢？但是，我又不想直接说出实情，让"卡波雷"羞得无地自容。于是，我只好含蓄地表示：

"整体而言，我觉得还不错。但是，最后一节如果抽换掉的话，那样或许会更好也说不定。这是我身为外行人的想法。"

"是吗？"听了我的批评，"卡波雷"不服气地噘起嘴巴，"我认为那句是最好的呢！"

那当然，这是连我这俳句门外汉都知道的名句啊！

"这个嘛……说好，当然是很好没错，只是……"

我实在是有点无话可说了。

"你知道吗？""卡波雷"得意忘形地说着，"我感觉得出，自己对现今日本国的真心诚意，全交织在这段句子里了。关于这点，你不知道吧？"他以带着些微轻蔑的语气，对我如是说道。

"哦？是什么样的真心诚意呢？"我忍住笑意，向他反问道。

"我就说你不知道吧？""卡波雷"用一副"你还真是个傻小孩呢！"似的表情看着我，然后皱起了眉头说："你认为，现在日本的命运是怎么一回事呢？难道不是如同露水般无常

---

① 此为名俳人小林一茶的俳句。

吗？没错，现在的日本，正是宛如草上白露般，处于短暂而虚幻的世道之中。然而，尽管如此，各位却仍为了寻求光明而持续不断地往前迈进着。因此，请千万不要徒然伤悲。那段话的意义不就是这样吗？而同时，这也就是我对日本表现出的真心诚意。我这样说，你明白了吗？"

但是，我并没有回答，因为我的内心已经完全哑口无言了。身为诗人的您应该知道，这句话，是江户俳人小林一茶在自己的孩子死后，想要对这露水般无常的世界死心断念，但却又斩断不了沉重的悲伤，故而书写下了这般哀愁喟叹，是如此一段拥有深意的句子啊！唉，真是太过分了！竟然将原本意境深远的词句给糊弄成这个样子！或许这就是"越后"所谓的"现代的崭新创意"也说不定，不过，这还是太过分了！

我固然能够体会"卡波雷"的真心诚意，可是，剽窃古人的字句，并曲解原意、任意摆弄，这绝非一件好事。况且，如果就这样把这俳句当作是"卡波雷"的作品提交给事务所，如此对我们"樱之房"的名誉也将大有损伤。所以，我决定鼓起勇气把话说清楚。

3

"可是,这句话和某位古人的俳句非常相似。也许不是有心剽窃,但被人误解总是不太好。因此我想,如果能够用另外的文辞取代,应该会比较好一点才对。"

"哦,文句有些相似吗?"

"卡波雷"瞪大了眼看着我,那眼神就像是松了一口气似的,显得十分美丽清澄。人在剽窃的时候,总会认为"自己不会被抓到",然而,这次的事情却让我不得不重新考虑,这世上搞不好真有会惩罚剽窃者的俳句天狗存在。不过老实讲,"卡波雷"是个让人感觉不出恶意的罪人,某种程度上来说,这也可以称得上是"思无邪"了吧?

"那也就是说,我又是毫无意义地白费了一番心思啰?俳句呀,常常会遇到这种情况,真让人伤脑筋呢!为什么短短十七个字,偏偏就会有相似的文句呢?"看来,"卡波雷"还是个惯窃哪!

"呃,那就把这句删掉好了!"说罢,他拿起夹在耳畔的铅笔,很干脆地把"露水之世间"这整段句子给一笔画掉。"那么,要代替的话,用这一句怎么样?"他一边说着,一边就在我床头的小桌子上,飞快地振起笔来。

大波斯菊呀,纵情花影翩翩舞,宁为干草枝。

"不错啊!"我如释重负地说着。不管文笔糟糕还是怎样都没关系,只要不是偷来的句子,我就放心了。"不过,如果第一句改成'大哉波斯菊',你认为怎样?"大概是安心过了头,我又忍不住说出多余的话了。

"'大哉波斯菊,纵情花影翩翩舞,宁为干草枝。'是这样吗?原来如此,意境完全突显出来了。好厉害啊!""卡波雷"说着说着,朝我的背上啪地拍了一下,"哎,真人不露相呀!"

听到这句话,我的脸不禁整个红了。

"别戴我高帽呀!"我的心情忐忑不安,"或许'大波斯菊呀'比起'大哉波斯菊'更好也说不定呢!我对俳句完全是外行,只是'大哉波斯菊'对我来说,感觉起来似乎比较容易理解罢了……"

在急急忙忙辩解的同时,我心底也有个声音一直在呐喊:这种东西,到底哪里好了?

但是,"卡波雷"却似乎对我崇拜得不得了。只见他露出一副不像是奉承的认真神情,对我说了声"今后也请在俳句上多多指教",然后,便意气风发地,用他那一贯的走路方式,踮起脚尖、轻摇臀部,仿佛随着音乐的节拍般,轻轻地走回了自己的床位。

我目送着他的背影,感觉自己实在是完全被打败了。什么"在俳句上多多指教",说实话,我觉得这东西比那文白夹杂的"都都逸"还要更让我伤脑筋。我感到自己无论如何都无法冷静,接着,我带着为难的表情,想也不想地对着"越后"傻傻地说道:"变成让人意想不到的发展了哪!"真是的,身为堂堂的新男人，竟然会被"卡波雷"的俳句给打败，这算什么嘛！

"越后狮子"一语不发，只是重重地点了点头表示认同。

可是，故事至此还没有结束，接下去尚有更惊人的事情出现……

今天早上八点的摩擦时间，轮到"小正儿"替"卡波雷"服务，方时，我听见"卡波雷"小声地与她交谈着，然而，他们谈话的内容，却让我不禁为之一惊。

"'小正儿'，你那节'大波斯菊'的俳句，嗯，好像还不错的样子。只是，你要注意喔，'大波斯菊呀'，用起来似乎不太恰当，要修改为'大哉波斯菊'比较好，知道了吗？"

太令人诧异了！没想到，那竟是出自于"小正儿"的俳句！

4

如此一来,我方觉那节俳句似乎真有那么点女性气息。这么说的话,那像是"枝头乱开放,幽幽香香少女心,野菊一模样。"这些等等的奇怪词句,应该也都十分可疑。果然,那些也都是"小正儿"或者其他助手小姐们所写出来的俳句吧?总而言之,"卡波雷"所创作的那十节俳句,一下子全都变得可疑了起来。(实在是个过分的家伙呢!)我打从心底大感吃惊。不管是那"露水之世间"的俳句,或是那"大波斯菊"的俳句,全都攸关着"樱之房"的名誉呀!就算不讲得那么夸张好了,这也还是关乎"卡波雷"的个人人格哪!事情接下去究竟会如何发展呢?一想到此,我便忍不住提心吊胆了起来。不过,当继续听到"卡波雷"和"小正儿"接下来的对话后,我感到安心了许多,情绪也瞬时清朗了起来。

"你说的那节'大波斯菊'的俳句,内容是怎样的啊?我完全记不得了呢!""小正儿"悠然地说着。

"……原来是这样啊。不过,那是我写的俳句吗?""卡波雷"大致描述了一下那段俳句后,"小正儿"简短地应了这么一句。

"那么,该不会是'霍乱'写的吧?你不是常常在私底下,偷偷地和'霍乱'交换俳句还是什么的吗?……哎呀!

这么说起来，难道真的是'霍乱'的作品吗？"

听到这里，我的心里总算安定了下来。说是淡然也好，或者说是轻松也行，不管用怎样的形容词，都难以完全陈述出我当时的心境。

"说是'霍乱'的创作，未免太抬举她了！那家伙一定是抄袭的啦！"讲到这里，我想，除了"天衣无缝"这四个字外，再没有别的词汇足以形容这一切。

"这次，我要把那些俳句送出去参赛哟！""卡波雷"接着又说道。

"励志广播吗？那我的俳句也要一起送出去哟！哎呀，就是那句我曾经念给你听过，'幽幽少女心'的那节俳句嘛！"

果不其然，那节俳句是她写的。不过，"卡波雷"并没有什么特别反应，只是保持着一贯若无其事的模样对她说：

"嗯。如果是那句的话，我已经加进去啰！"

"是吗？你还真是可靠呢！"

听完他们的对话后，我不禁莞尔一笑。

对我来说，这才是所谓的"现代的崭新创意"。这群人不在乎作者的名字，大家一起以同心协力的方式进行创作，然后，经由这样的活动，所有人都充分享受到了一天的快乐。这不是很好吗？艺术和民众的关系原本就该是这个样子的吧？当那些开口闭口就是捧贝多芬、贬李斯特的所谓的"达人"正口沫横飞地争辩之际，民众们早就将这些议论抛诸一旁，取出各自喜爱的音乐来取悦自己的耳朵了。这群人完全不重视作者之类的事情，一茶写的也罢，"卡波雷"写的也罢，"小正儿"写的也罢，只要句子够有趣，其他都不必计较。同样，他们也绝对不会为了诸如社交礼仪，或是提高兴致之类的理由，而勉强自己去"学习"所谓的艺术。只要是能打动自己内心的作品，就记忆起来，自成一派，就只是这样而已。看着他们的表现，我好像被重新上了一课关于民众与艺术的关系。

在今天的这封信中，我写了一大堆的歪理。然而，有关"卡波雷"的这段小插曲，我相信，对于您在钻研诗句的过程中找寻"崭新的创意"，一定会有所助益才是。趁着我还没把信纸戳破前，就此搁笔。

我是悠悠流水，抚慰所有的河岸。

我爱大家！……够恶心吧？

九月二十六日

妹　妹

1

对于自己净是写些如此差劲又无聊的信件给您，我总不时会有种莫名的罪恶感袭上心头。每当这样的时候，我老会一而再、再而三地痛下决心，发誓从此以后绝不再写这般愚蠢的书信了。可是，我今日拜读了某人的"伟大"书信之后，方知人外有人、天外有天，并因之深切感叹不已。世界上竟会有这般荒唐的写信者，与他相比，我迄今为止所写给您的信，大概都只能称得上为小巫见大巫了吧？这样一想，我立刻感到放心不少。您知道吗？世上的新鲜事还真是层出不穷呢！那个人竟然可以把书信写得如此骇人，这使我不禁深深怀疑，他于落笔之时，是否有什么神魔相助呢？总之，不管怎么说，这实在是件非比寻常的事情。

那么，今天，我就来写一写有关这封"伟大"的书信的事情。

今天早上，我们道场举行了秋季的大扫除。虽然主要的扫除活动在中午前就大致结束了，但午后的既有疗程还是都跟着暂停了一天，取而代之的，是两位前来本道场出差的理发师——是的，因为今天同时也是学员们的理发日。大约下午五点左右，我理完头发，到洗手间清洗我的和尚头，就在这个时候，不知什么人踏着轻盈的步伐来到了我的身边。那人开口对我问道：

"'小云雀',你在努力吗?"

是"小正儿"。

"在、在,我很努力呀!"我一边拿着肥皂往光光的头上抹,一边敷衍了事地回应着她的话。真是的,这种时候还得按照规定的打招呼方式——回答,也实在是太麻烦、啰唆,太令人受不了!

"那,要加油喔!"

"喂!我的毛巾在旁边吗?"我没有回应她的那句"加油",只是闭上眼睛,朝着"小正儿"伸出双手。

这时,我感觉有某样像是信纸般的东西,轻轻地放到了我的右手掌上,我眯着一只眼看了一下,果然是一封信。

"这是怎么一回事啊?"我皱起了眉头询问着。

"坏心眼的'小云雀',""小正儿"一边笑着,一边盯着我瞧,"为什么不回答'没问题'呢?我听说,当人家跟你说'加油'的时候,没有回答'没问题'的人,病情会加重喔!"

我感到很不耐烦,脾气也渐渐大了起来。

"地点不对吧!我正在洗头不是吗?话说回来,这封信到底是怎么一回事啊?"

"这是'笔头菜'寄来的喔!在结尾的地方,写了一首和歌对吧?为我说说它的意思吧!"

我一边留意着不使肥皂水流进眼睛,一边勉勉强强地睁开双眼读了读那首写于信尾的和歌。

人生不相见,相思懊恼日月长,此情托鱼雁,伊人安然无恙否?徒挂念心系吾妹。

我心想，原来"笔头菜"也喜欢舞文弄墨呢！

"其实，对于这样的歌曲我也不是很了解耶。我想，这应该是取自《万叶集》里面的和歌吧，而不是'笔头菜'自己写的。"

实际上，我并非完全不了解其中的含意，只是不知为何有种不太好的感觉，所以忍不住就想先挑剔一下。

"那么，它到底是什么意思呢？""小正儿"一边低声说着，一边更加贴近了我。

"真啰唆，我正在洗头耶！等一下再告诉你啦！现在，你先把信搁在一边，去帮我拿条毛巾过来如何？我大概是放在房间里忘记拿了，如果床上没有的话，那就一定是放在床头的抽屉里。"

"坏心眼！""小正儿"从我的手里一把抢过信纸，小步奔跑地朝着房间去了。

2

就像"竹子小姐"经常挂在嘴边的"讨厌"一样,"小正儿"的口头禅就是"坏心眼"三个字。以前,每次我听到她这样说的时候,心里总会忍不住地直打冷战,不过,现在的我已经相当习以为常了,所以完全不会当一回事。那么,趁着现在"小正儿"不在,我便来好好研究一下,刚才和歌里的那句"伊人安然无恙否",究竟该如何解释才是。由于这句话的含意确实有点复杂,所以,我才故意请"小正儿"离开去拿毛巾,好避免自己陷入无法立即回答她的窘境。于是,我一直思索着"伊人安然无恙否"该怎样解释才对,结果,想着想着,就连头上的肥皂泡沫都不知不觉地滴下来了。这时,"小正儿"拿着毛巾出现了,她带着一脸严肃的神情,一言不语地将毛巾递给了我,然后便快步地离开了我的身旁。

我恍然大悟,立刻明白自己做错事了。老实说,我这一阵子的表现,说好听点是"磨合顺畅",说难听些则是"麻木不仁",总之,不知从什么时候开始,我已经渐渐习惯了道场的生活,从而也失去了刚来时候的那种紧张感,就连跟"小正儿"她们说话的时候,我也不再像以前那样,感到相当兴奋。简单说,我的感觉变得相当迟钝,我把助手们对学员的照顾视作理所当然,不管是特别的好意或是其他的什么,全都随随便便的不当一回事。正因为抱持着这样的态度,所以刚刚我才会说出"去帮我拿条毛巾过来如何？"这般轻慢人家的话，也正因为如此，"小正儿"才会感到生气吧？不久前，我才曾经被"竹子小姐"叨念说："'小云雀'，现在这种时候，讲这样的话是不行的啦！"的确，现在的我，还真是陷入了有点"不行"的状况之中呢！早上大扫除的时候，为了回避室内的尘埃，全体学员都暂时来到新馆前的庭院进行活动，托此之福，我终于能够踏上睽违已久的泥土地。虽然我偶尔也会悄悄地到道场后方的网球场等地走走看看，但是像这样堂而皇之地得到外出许可，自我来到此地之后，这还是头一遭。我轻抚着松树的枝干，树干感觉充满了生命力，好似有血液流过一般的温热。我蹲下身子，脚边小草的香气浓郁得逼人，我不由得用手掬起一把泥土，那种沉重而湿润的触感，让我为之赞叹。自然界的生气勃勃，原本就是理所当然之事，然而，泥土的清新气息，此时却带给了我无比强烈而真实的感受。只是，这样的惊叹，亦仅维持了不过十分钟左右，之后便完全消逝无形，再也感受不到了。我变得麻木不仁、无动于衷。这就是人类的惰性吗？抑或该称之为变通性呢？察觉到这一点的我，不禁为自己的不可信赖感到无比讶异。最初那种为新鲜之事而颤抖不已，对任何事物都想持续拥有的热切感受，是否随着道场生活的稳定开展，业已渐成随波逐流、对任何事物皆满不在乎的冷然心态呢？直至今天不经意地触怒了"小正儿"，我才猛然领悟到了这一点。"小正儿"自有她的尊严在，或许，那不过是同三色堇的花朵般微弱而不足道的小小自尊，但是，正因是如此可悲且微小的自尊，所以才更非得郑重其事地加以珍惜不可。我今天这样的做法，可以说是对"小正儿"的友谊完全视若无睹。她把"笔头菜"寄来的秘密书信拿给我看，也许正证明了，此刻，于她扑朔迷离的内心底，其实对我有着比"笔头菜"更深的好感？不，就算不抱持如此自我陶醉的想法，我还是的的确确，背叛了"小正儿"对我的信任。之前，我说我已经不喜欢"小正儿"了，其实，那仅是我的任性在作祟罢了。我不只任意轻贱她的好意，甚至连收下香烟匣的事情也都刻意遗忘了，这不只不应该，而且还非常恶劣。

"加油喔！"今后，当我再听到这样的亲切招呼声时，我一定要对这份好意满怀感激之情，并且大声回应：

"没问题！"

3

　　知错能改，善莫大焉。身为新男人，就得抱持着君子豹变的心情，彻底洗心革面才行。相当幸运的，我在离开洗手间回病房的途中，又在煤炭仓库前遇上了"小正儿"。

　　"那封信呢？"我马上向她问道。

　　像在眺望着远方似的，"小正儿"以略显迷离的眼神，默默地摇了摇头。

　　"在床铺的抽屉里吗？"

　　之所以这样说，是因为我忽然猜想，"小正儿"刚才拿毛巾时，会不会便顺手将那封信丢入我的抽屉里？因此才有此一问。不过，她依旧只是直摇头，什么话也不答。女人就是这点让人讨厌。总之，现在的她，跟平常完全是两副模样，一派温温顺顺的样子。我对此无可奈何，心想，随你高兴吧！可是，我有义务，非得好好安抚"小正儿"可悲的自尊心不可，所以，我用像在抚弄猫似的温柔口吻对她说：

　　"刚才的事情我很抱歉。那首和歌的意思是……"

　　"够了。"

　　我话还没说完，她便以仿佛毫不在意地舍弃掉某种渺弱事物般的语气，对我如此回道，然后便迅速地离开了我的面前。听见她那异常尖刻的话语，我觉得自己的身体犹如被刺穿了似的。女人真是种可怕的生物啊！我回到房间，在床上翻来覆去地翻滚着,心里头只有一个声音,我不停地由衷大喊:"万事皆休啊!"

然而,不久之后的晚餐时间,为我端来餐点的还是"小正儿"。只见她冰冷而若无其事地将餐盘放于我床头的小桌子上。离去时,她不知怎么在"硬面包"的床前停了下来,接着,便突然像是变了个人似的,一派天真地和"硬面包"谈笑了起来。她一边吵吵嚷嚷地高声笑着,一边咚咚地敲着"硬面包"的背,弄得"硬面包"连连大喊:"喂!住手啊!"并急急想抓住"小正儿"那只搞怪的手。

"讨厌呀!"她一边大叫着,一边逃向我这里来,然后,她将嘴巴贴近我的耳边,轻声说道:

"只给你看。等一下告诉我意思。"她简短迅速地说完这句话后,便将那张折成小小一封的信纸塞进了我的手中,随后,又立刻转过身,朝着"硬面包"的方向走去。

"喂!'硬面包',你还不从实招来!"她大声地叫喊着,"在网球场唱《江户日本桥》①的家伙,到底是谁?"

"不知道!不知道呀!""硬面包"面红耳赤,拼命地否定着。

"如果是《江户日本桥》的话,那我倒知道是谁。""卡波雷"一边吃饭,一边像在发牢骚似的小声说着。

"不管是谁,你就慢慢地用餐吧!""小正儿"笑着与病房里的其他同事打完招呼后,便走出了房间。什么跟什么呀?完全搞不懂。我心想,"小正儿"多少又是在戏弄人了吧?真

---

① 一首东京民谣。

令人不舒服。另一方面,她在我的手里留下了那封信。说实话,我并不想看别人的信,可是,为了维护"小正儿"那小小的自尊心,不看一下也不行。(事情越变越麻烦了呢……)我心想着。吃完饭后,我悄悄地展开了那封信阅读了起来,结果这一看,不得了哪!您知道吗?那实在是一封伟大的书信。说起来应该算是封情书吧!但是那内容却是我原先所完全预想不到的。那位知识丰富、看起来就像是位成熟大人的"笔头菜"先生,私底下竟然会写出这么愚蠢的书信,实在是令我相当意外。所谓的"大人"是否都像这样,于内心中隐藏着愚蠢而天真的一面呢?反正,接下来,我会稍微将这封书信的大意写出来,再请您过目。我在洗手间时,读到的不过是这封信最后一张信纸的一小部分而已,然而这次,"小正儿"将完完整整的三张信纸全给了我。以下,便是这伟大书信的内文。

4

> 最令我怀念的地方,还是道场的森林。我倚在窗边,眺望着来来往往的波涛,静静地将人生新的一页一一刻画在脑海之中。波浪宁静地向我靠了过来……然而,在远方的海面上,白浪却依旧汹涌澎湃地咆哮着。我想,那是因为海风狂乱吹拂的缘故吧!

这封信的大致内容便是如此,看起来真是毫无意义可言,不是吗?我想"小正儿"读了,应该也会觉得很不知所措吧!

这真是比《万叶集》还要费解的文章。总之,"笔头菜"离开了道场,回到故乡北海道地区的医院,而那家医院应该是坐落于海边。我所能明白的,大概就只有这些了,至于其他的含意,则是完全未知。还真是篇奇特的文章哪!既然如此,那我就稍微再多摘录个几段吧!越到后头,这封信的脉络就越是不可思议和不着边际:

> 当傍晚的月亮沉入波澜,黑暗亦从四面八方席卷而至。引领我的灵魂走向你的那点点星光,自夜空中明亮地映照着这个世界,它仿佛在告诉我,即便跌倒了,也要为了人生的正确延续而继续努力!男人呀!男人呀!

男人呀！勇敢地向前吧！现在，我能在这里称呼你一声"小妹"，这真是太感谢上苍了。对我来说，这可谓上天独一无二的赐予呢！或应当称之为什么呢？唉，果然还是该唤你一声"爱人"，才得以尽诉我现在那挚爱的心境哪！

"笔头菜"究竟在说些什么，我完全搞不清楚。在接下去的信件内容中，他的思路脉络显得愈发离奇荒诞，但，在这其中，却隐隐蕴含着某种宛如怒涛般，汹涌澎湃的事物：

那既非人，亦非物；它自有其学问，自有行动的根源在。那朝朝夕夕令我沉溺的，既是科学，也是自然之美。这两者共生共存，合为一体；我打从心底热爱着它，而它也同样深爱着我。啊，我既得一妹，又得一恋人，何其有幸哉！妹妹啊！我啊！为兄这般的心情与祈愿，相信你一定可以由衷地理解才是。故此，我认定你是我的妹妹，并希望今后仍能寄信给你。你应该能够明白吧？吾妹啊！

对于写下如此激切而又强硬的文字，为兄实是深感怀歉。不过，我相信，平日如此关照我的你，我的妹妹，对于为兄的歉意，定能深刻谅解才是。你正逢最在乎男女诸事之龄，对此应会倍为敏感，故，还盼你慎勿过于执着方是！我是个远离尘世之人。今日天气晴朗，但风势强劲。真是伟大的自然啊！游历之际，使我不禁怆然涕下，深感心领神会！关于今日信中诸多隐约之言，请你务必再三思读。感激不尽。正子！加油吧，我可爱的妹妹！

最后，容为兄再送上一言：

人生不相见，相思懊恼日月长，此情托鱼雁，伊人安然无恙否？徒挂念心系吾妹。

此致　正子小姐

兄　一夫谨上

总而言之，以上就是这封书信大致的内容。竟说什么"兄　一夫谨上"的，在自己的名字前冠了个"兄"字，还真是奇妙的趣味呢！不仅如此，最后还要来上个像是《万叶集》中的和歌，这又是怎么一回事呢？其中究竟有着什么样的意涵？这点我是全然猜不透，只觉得，这还真是封了不得的信哪！就算我想模仿着写，恐怕也写不出来呢！事实上，依我看来，这简直就是篇破天荒的奇文。然而，西胁一夫先生这个人，绝对不是什么狂人；相反，他是名相当腼腆而亲切的男子。这样的好人竟会写出如此无厘头的信，这实在是世界上最不可思议的怪事之一。"小正儿"要我告诉她其中意思，确实不无道理。这封信对于接到它的人来说，简直是场大灾难！我想，无论是谁，应该都会感到相当困扰的吧？这几乎可称得上为经典名作了呢！或者说，是魔咒？不管如何，录写这封伟大的书信，已使我的手腕莫名酸疼了起来，便连想好好地写封信给您都没办法。故，相当抱歉，就此搁笔吧！下回再聊了。

十月五日

试 炼

1

前天，实在是被"笔头菜"先生的那封"经典巨作"给打败了，握笔的手竟不止地颤抖着，连字都写不好，因而最后变成了一封有头无尾的书信，实在抱歉！那天晚餐后，当我读完那封信，正发着愣时，瞥见"小正儿"隔着走廊的窗户，频频地朝我这儿探头张望。（读过了吗？）她那窥探着的眼神，仿佛正在这样无语地询问着我。我轻轻地点了点头。看见我的反应之后，"小正儿"也露出了一副认真的神情，用力地点了点头。看她的模样，似乎相当在意这封信的样子。（西胁先生真是罪人哪！）此时，我心中莫名地涌现了如此一股义愤填膺的思绪，并不由得替"小正儿"感到可怜。坦白说，从那一刻开始，我又重新感受到了"小正儿"那清新的魅力；更正确地说，过去那个感觉迟钝的男人，已经被我彻底地弃绝了。仔细想想，我是从什么时候开始变成那个样子的呢？我想，大概是因为秋天，所以整个人才会变得怪里怪气的吧！是啊，原来如此，秋天可是个多愁善感的季节啊！别笑我，我是很认真的呢！

那么，我就把接下来所发生的事，全都告诉您吧！大扫除后的隔天，早晨八点的摩擦时间一到，"小正儿"便抱着金属脸盆，突如其来地出现在房间门口，她带着一副忍俊不禁的表情，直接朝着我的方向走来。我连做梦都没想到，竟然能这么快又轮到"小正儿"为我服务了。手足无措之余，我几乎是下意识地低声说了句"真是太好了!"的确，我真是太开心了。"别说些有的没有的啦!""小正儿"有些烦躁地丢出这句话后，便马上开始帮我摩擦起身体，"其实，今天早上本来是'竹子小姐'的班啦!只是因为'竹子小姐'另有事情要办，所以才由我来代班。怎样，不爽吗?"她的语气既冲又直接，我听了之后，感到有些不满，所以什么都不回答，只是默默地一言不语，而"小正儿"也跟着沉默以对。渐渐的，气氛变得有些凝重，犹如陷入了困窘的境地之中。当我刚进道场，第一次让"小正儿"帮我摩擦身体时，也是一样没来由地感到紧张，觉得自己的状况糟糕到不行；但现在，那种紧张感竟再一次地复苏了，而且窘迫得让人难能忍受。最后，就在这种气氛下，摩擦结束了。

"谢谢!"我模模糊糊地对她说。

"信还我!""小正儿"用小而尖锐的声音，于我的耳边轻声说道。

"放在枕头旁边的抽屉里。"

我带着一脸惺忪仰躺于床，皱起了眉头回答着。透过这样的应答，我清楚地向她表达着自己的不悦。

"好吧，那午餐结束后到洗手间来一趟行吗?到时候再把信还给我。"

丢下这句话后，"小正儿"不等我作出回应，便立即起了身，离开了房间。

真是令人不可思议的冷淡哪!我这边才刚想要表现得亲切一点的，她便旋即迎面浇了我一桶冷水。好!既然如此，那我也要重新考虑一下自己的态度才行。我下定决心，非得让她尝尝我的厉害不可。抱持着这样的觉悟，我等待着午休时间的到来。

我的午饭是"竹子小姐"端来的。在餐盘的角落处，放着一个竹子编成的小人偶。"这是什么？"我将脸抬起，并注视着"竹子小姐"问道。被我这么一问，"竹子小姐"皱了皱眉，猛力地摇着头，然后摆了个手势，示意要我绝对不能告诉任何人。我带着不太高兴的表情，点了点头表示答应。至于这到底是怎么一回事，我还是完全不了解。

2

"因为早上道场有急事,所以我就到镇上去了一趟。"

"竹子小姐"用相当平常的语气说着。

"伴手礼吗?"我不知怎么,有种失落的感觉,问得有气无力。

"可爱吗?这叫做藤娘娃娃喔!好了,那我走啰!"她以一种像姐姐般的成熟大人语气对我这样说着,然后便独自离开了。

我觉得自己有点神思恍惚,甚至还有点不高兴。前天我才想说,要重新开始,对他人的好意要抱持着诚挚的感激之心;但现在,不知怎么一回事,"竹子小姐"的这番好意,却使我感到十分难以承受。我想,应是那份从我刚进道场便一直保持着的、至今也未曾动摇过的情感在作祟的缘故。"竹子小姐"是助手们的组长,同时也是个深受全道场信赖的品格优秀之人,因此,她非得比其他人更加坚强不可。她和"小正儿"之类的人,是完全不能以同一个水平去衡量的。但没想到,她竟然跑去买了这种毫无意义的人偶!什么藤娘娃娃?什么好可爱的?她根本不该是这样的人才对啊!我一边吃着午饭,一边端详着放于餐盘角落的"藤娘"。那是一个只有二寸高的手编竹玩偶,不管横看、竖看,都是个丑东西,实在让人喜爱不起来。看样子,那肯定是摆在站前小卖店里生灰尘，很久都卖不出去的滞销品吧！听说，个性好的人，买东西的本事必定笨拙，这样看来，"竹子小姐"似乎也不例外。她也跟颇受歪风影响的"小正儿"一样，看到什么对眼的东西就会随便买回来，真是拿她没办法呢！那么，这个竹子做的小人到底该怎么处理呢？我越想就越觉得为难。虽然我曾经想过要把它直接退回去，可是，我又想到前天自己所说的，"就算是同三色堇的花朵般微小的自尊，我也非得郑重其事地加以珍惜不可"。在这种值得赞许的觉悟驱策下，我只好垂头丧气地，将这份伴手礼暂且收进了床铺旁的抽屉里。话说回来，万一我写了太多"竹子小姐"的事，结果又让您忍不住脑袋发热的话，那我的罪过可就大了，所以，关于"竹子小姐"的事，我想就暂时先在此搁下不提了。言归正传，总之，当我吃完午饭后，还是按照"小正儿"的指示，到了洗手间去。当我来到洗手间时，"小正儿"正站在洗手间的最里头，她的背紧靠着墙，脸朝着我的方向吃吃地笑着。一瞬间，我感到有些不太愉快。

"你常常做这种事吗？"我凝视着她，说出了这样一句连我自己都觉得意外的话。

"咦？什么事？""小正儿"一边笑着，一边仰起头，以圆圆的大眼端看着我的脸。我不禁有点目眩神迷。

"常常约学员到这里……"我用绷得紧紧的声音说着，然而，话说一半，却又觉得自己这样说话未免太过下流，因此随即又闭上了嘴。

"所以呢？真是那样的话，那也没什么不好的吧？"她轻轻地说着，整个人则同要行鞠躬礼似的，微弯着上身，向我走了过来。

"信拿来了。"我将信纸递出。

"谢谢,"她一笑也不笑地将信纸接了过去,"'小云雀',你果真还是不行哪!"

"为什么,我哪里不行了呢?"我像是在防卫什么似的反问着她。

"因为,你把我想成那样的女人了啊!'小云雀',""小正儿"的脸色青白,直瞪着我的脸,"你难道不觉得很可耻吗?"

"非常可耻,"话既至此,我于是相当干脆地卸下了内心的武装,"事实上,我感到非常嫉妒。"

"小正儿"笑了,口中的金牙闪烁着光泽。

3

"那封信,我看完了哟!"我原本打算好好整她一下的,但是,自从拿了"竹子小姐"那无趣的藤娘伴手礼后,我便可以说是出师不利,对"小正儿"只感到愧疚,已没有那种意气昂扬的感觉。怀着这般近乎忧郁的心情,我来到了洗手间,结果,又看见了"小正儿"那娇俏不已的模样,于是,男人最引以为耻的嫉妒心随之而起,终于脱口说出了那些不该说的话。然而,这些却全被"小正儿"给当场戳破了。看样子,现在的我,还真的是不行哪!

"全部看过了,很有趣。'笔头菜'是个好人,我很喜欢他呢!"我言不由衷,所说的话,全都只为了讨好她。

"但是,这封信,好让人意外呀!""小正儿"像是若有所思似的侧着头,她摊开信纸再度看了起来。

"嗯,我也觉得有点意外。"对我而言,这可以说是相当糟糕的意外了。

"的确,完全出人意料呢!"从"小正儿"的神色看来,她似乎真的认为这件事非常重要。

"你也写过信给他吧?"我又说了不该说的话,心里不禁七上八下、忐忑不安。

"写过啊!""小正儿"满不在乎地回答道。

忽然间,我感到事情变得相当无趣了。

"这么说，是你在诱惑他啰！你简直就是不良少女嘛！简直是糊涂、简直是轻浮、简直是小流氓、还简直是没救了！你到底知不知道什么叫羞耻啊？"我狠狠地破口大骂了起来。不过，奇怪的是，原以为被我这么一责骂，"小正儿"应该会十分生气的，结果，她不但没有生气，反而还咯咯地笑了起来。

"你给我正正经经地听着！你要知道，'笔头菜'是有太太的人哪！这种事可一点都不好笑啊！"

"所以，我才送给他太太一封感谢信啊！当'笔头菜'离开道场时，我不是送他到镇上的车站吗？那个时候，他太太送了我两双白袜子。所以，我就写了一封感谢信给他太太啰！"

"就只有这样吗？"

"就只有这样而已呀！"

"什么嘛！"听她一说，我的心情一下子变好了许多，"事情就只是这样吗？"

"嗯嗯，是啊！就只是这样而已，结果他竟然寄来这样的信。讨厌！讨厌！真是折腾死人了！"

"有什么好折腾的，这也没啥不好的啊？反正，你本来应该就很喜欢'笔头菜'吧？"

"是喜欢啊！"

"什么嘛！"我又开始觉得一点都不有趣了，"你不只愚蠢、讨厌，而且还很无聊。喜欢上有妇之夫的话，是什么事都做不得的吧？他们可是对感情挺好的夫妻呢！"

"但是，喜欢'小云雀'不也一样什么事都做不得吗？"

"你在说什么呀？话不能这么说吧？"我变得愈发不高兴起来，"你对任何事情都如此轻浮，我又怎么敢奢望这样的你会喜欢上我呢？"

"笨蛋！笨蛋！'小云雀'你什么都不知道啊！你什么都不知道，还……"说着说着，她往后一转身，哇地一声痛哭了起来，接着，她痛苦地扭动着身体，勉强地自牙缝间挤出一句话："你给我闪一边去！"

4

我进退维谷,噘着嘴缓缓地走进洗手间。不知怎么,我的心中忽然也涌上一股情绪,想要跟着她一起痛哭失声。

"'小正儿'!"我呼喊着她的声音显得颤抖不已,"你那么喜欢'笔头菜'吗?我也喜欢他呀!毕竟,他是个那么亲切、善良的人。正因如此,我想'小正儿'喜欢'笔头菜',也是相当自然的事情啊!哭吧,哭吧,放声大哭吧!我会陪你一起哭的!"

为什么我会说出这么矫揉造作的话呢?直到现在,我想起来,还是觉得一切如梦一般。我想要放声大哭,可是,唯独眼眶微微发热,眼泪却一滴也出不来。我睁大眼睛,透过洗手间的窗子,默默地眺望着网球场旁开始泛黄的银杏树。

"快点,"不知何时,"小正儿"静静地站到了我的身边,"回屋里去吧!被人看见就不好了!"尽管她的心情很糟,却还是用冷静而沉稳的语气,对我这样说着。

"就算被人看见了,我也不在乎,反正我们又不是在做什么坏事!"当我这样说的时候,我的心里也莫名地跟着跃动了起来。

"别这么傻呀,'小云雀'!"她和我并肩站着,一边隔着窗子望着网球场,一边自言自语似的说道:"自从'小云雀'来了之后,道场也跟着变得不一样了呢!你什么都不知道吧？'小云雀'的父亲是个伟大的人哟！场长先生似乎曾经说过，你的父亲是世界级的学者呢！"

"论贫穷程度，大概也是世界级的。"说到这里，我忽然觉得有股强烈的孤独感袭上心头。我已经两个月没见到父亲了，他还是像以前一样，擤鼻涕的声音大得连拉门都会为之颤动吗？

"不管怎么说，你的血统还是很优秀的啊！自从'小云雀'来了以后，整个道场真的好像突然大放光明了起来，连带着大家的心情也都产生了改变，就连'竹子小姐'也说：'我从没见过那么好的孩子。''竹子小姐'从来都不是个轻易会对人品头论足的人，不过，就连她也对'小云雀'你着迷不已。不只是'竹子小姐'，'金鱼妹'，还有'洋葱'，她们也都是一样的。但是，在学员间，倒是有着不好的流言散布着，他们说，万一打扰到'小云雀'，那可就不好了，所以大家还是注意一下，最好不要太过靠近'小云雀'喔！"

我不觉苦笑了起来。这还真是心胸狭隘的爱情呢！

"对那家伙，最好敬而远之，不要喜欢上他哟……他们的意思就是这样对吧？"

"是呀，是呀！他们就是这个意思没错！""小正儿"轻轻敲着我的背，并将手安静地放于其上，"不过啊，我可不一样喔！我一点也不喜欢'小云雀'，所以啊，即使只有我们两个在一起讲话，我也不会介意的。你可不要把我的想法给弄拧了喔！我啊——"

当"小正儿"言谈至此，我悄悄地走离她的身旁，并打断了她的话："充其量只是和'笔头菜'通通信而已对吧？要我老实说的话,'笔头菜'的信可是糟糕得让人为之瞠目结舌呢!"

"这点我知道啊!就是因为那是很拙劣的信,所以我才会拿给你看啊!如果是封好信的话,我怎么可能会拿给别人看呢?我啊,对'笔头菜'根本没有什么其他的想法。你像这样把人给当傻瓜看,未免也太过分了吧!"无论是言词也好、态度也好,此刻的"小正儿"讲起话来,简直就如同是另一个人般,变得既露骨又粗俗。"我已经没有办法再忍着了。你一定不知道吧?像你这样又呆又蠢的,铁定没有察觉,关于我和你要好的事,其实已经被大家给传开了。该怎么办呢?任他们说也没关系吗?"

她低下了头,耸起右肩,一面吃吃地笑着,一面以肩头用力地顶着我。

5

"好啦，好啦！"我急急忙忙地说着。事实上，除了这句话之外，我也不知道这时候该说什么才好——事情的发展，已经完全出乎我的意料了。

"为难吗？你是这样觉得的吗？呐，比起这，其实你是不好意思吧？昨天晚上的月亮好亮喔，我睡不着，于是就走到了庭院里。然后，我看见了'小云雀'枕头边的窗帘开了一丝丝的缝，所以就探头往里面望了望。你知道吗？'小云雀'，我看见你的脸沐浴在月光下，正一边沉眠一边带着笑容。那睡相真是好看呢！呐，'小云雀'，你说该怎么办？"

就在她这么说的时候，我的身体终于被她给顶到了墙边。我也不晓得是怎么一回事，只觉得自己变得同个傻瓜一样，整个人呆呆地发着愣。

"没道理，根本没道理啊！我可是已经二十岁了耶！你觉得困扰吗？喂！躲在那边的家伙是谁啊？给我滚出来！"洗手间的外头，传来了拖鞋啪哒啪哒朝这里走来的声音。

"……不行哪，果然这样是不成的啊！"'小正儿'和我拉开了距离，她仰起脸，把头发往上拢了拢，然后哈哈大笑了起来。她的脸仿佛刚洗完热水澡从浴室出来般，突然一下子变得红通通的。

"啊，已经是精神演讲时间了，我得离开了，抱歉！像迟到这种散漫的行为，我可是相当讨厌的呢！"

话一说完，我便跑着离开了洗手间。就在此时，在我的后头，传来了"小正儿"轻弱的叫唤声：

"不可以和'竹子小姐'太要好喔！"

那声音，深深地沁入了我的心里。

唉，秋天实在不是个好季节！

当我回到房间的时候，演讲还没开始。"卡波雷"正在床上翻来覆去的，口中哼着的，仍是那千篇一律的"都都逸"小调。"路旁小草遭践踏，甫逢朝露又重生……"虽然之前我已经不知听过了多少次"都都逸"，然而，这时，我却完全没有平常那种困扰、为难的感觉，只是虚心地倾听着，竟觉也是番奇妙的体验。或许，是我的心变软弱了吧？

不久之后，演讲开始了，今天的主题是"日中文明的交流"，由一位名叫冈木的年轻老师，以医学交流为主轴，举出种种从古到今的具体事证，简单明了地向我们说明了日本与中国间的文化关联。日本和中国之间的关系，长久以来一直都是亦师亦友，是两个彼此提携并进的国家。然而，这样的事实，却要到今日才真正被肯定正视。看来，我们需要反省的地方实在太多了。不过，比起这个，今天所知悉的那个秘密，才是让我更挂心的事情。我痛定思痛，想要快点把"小正儿"的事忘得一干二净，然后，恢复到从前那样，做个无忧无虑的模范学员。

毕竟……嗯，"小正儿"再怎么说，也不算是个好女孩。在我的感觉中，她除了偶尔有点小聪明外，其他方面则是无法想象的愚蠢。方才，她虽然在我的面前显露出了种种令人猜不透的言行举止，但是，我非常清楚，那其实都是毫无任何意义可言的。我并不是那种会愚蠢不堪地陷入自我陶醉中的人。"小正儿"一向都只考虑自己的事情，不管是"笔头菜"也好，或是我也好，对她来说都不是问题。她只会为了自己的美丽与楚楚可怜而陶醉，她虽然在外表上装出一副天真无邪的样子，不过，她的虚荣心其实非常强，绝对不想输给任何人。不只如此，在强烈占有欲的驱使之下，只要是别人拥有的东西，她不管怎样都会想要拿到手。关于"小正儿"的这套伎俩，我已经彻底看穿了。

6

"小正儿"将"笔头菜"的书信拿给我看，应该或多或少有点示威的意味吧？不过，后来她敏感察觉到了我对那封信的极度轻蔑，因而马上态度一变，又是哭泣，又是用肩头顶我，而且还脱口说出了那堆让人完全意想不到的话。我想，事情的真相应该就是如此没错。隐藏在她心里的，并不是像三色堇般的微小自尊；事实上，她的自尊心高傲得如同女王一样，绝对不是可以轻易抚慰得了的事物。至于"小正儿"所说的，"我和你要好的事，已经在众人间沸沸扬扬地传开了"云云，那就更是荒诞无稽了。迄今为止，我还不曾因为"小正儿"的事而被人嘲弄过，就只有"小正儿"自己一个人，在那里为了这件事情吵吵嚷嚷的。"小正儿"实在是个不怎么检点的女孩，我想，这大概是因为基本教养不好所导致的吧？真的，或许正如"越后"所言，她的母亲是个德行不好的人也说不定。越是冷静下来思考，我就越觉得生气，我想，"小正儿"实在没资格当道场的助手。道场是神圣的场所，是个大家都一心一意祈求着能够征服结核病，并为之早晚锻炼、不断努力修行的场所呀！为此，我断然下定决心，如果"小正儿"再一次表现出过于露骨的言行，我便会毫不犹豫地告诉组长"竹子小姐"，要她将"小正儿"给逐出道场。

下了这样的决心后，我总算感觉，自己似乎不再那么为刚才发生在洗手间的那场噩梦所牵绊了。

那真的是场噩梦呀！所谓的噩梦，就是跟现实人生没有任何牵连的事物。举例来说，假设某天夜里，我梦见自己揍了您一顿，但到了隔天早上，我并不会因此而登门向您请罪。我既不是个戴着感伤眼镜看世界的宗教家，也没有一颗诗人的心；我只知道，新男人最不喜欢的，就是那些纠缠不清的事。

虽然，我说自己不打算为梦中之事所牵绊，但是，就在这洗手间噩梦的隔天，也就是今天清晨的天明之际，我又做了一个梦。那是一个非常美好的梦，是我无论如何都不想忘记的美梦，同时也是个让我衷心期盼着，能与现实人生相互牵系的梦。在此，我无论如何都想将这个梦和您一同分享。那是关于"竹子小姐"的梦。"'竹子小姐'真是个好女孩啊！"今天早上，我一直这样反复思索着。像她那样的人，在这世上可以说是凤毛麟角，因此，您会为"竹子小姐"而倾心，我认为这倒也是理所当然之事。说真的，您不愧是诗人，不只直觉相当敏锐，眼光也十分好，了不起！原本，我还有点担心，怕您会因太过思慕"竹子小姐"而辗转反侧、相思成疾，所以决定以后关于"竹子小姐"的报告必须有所保留，不过，现在，我明白这样的担心已经完全没有必要了——今天早上，我总算清楚地领悟了这一点。

不论再怎么喜欢"竹子小姐"，她也绝对不会是一个让人辗转难眠、心志堕落的人。因此，就请您更加"用力"地喜欢"竹子小姐"吧！我也不会输给您，今后将会更加全心全意地信赖她的！如此比较起来，"小正儿"还真是个蠢女孩，跟"竹子小姐"正好相反，她完全就如同您先前所说的一样，像个"不成气候的电影明星"。昨天，当洗手间的那件事发生之后，到了晚间八点的摩擦时间，虽然"小正儿"并没有轮到"樱之房"的班，但她还是不请自来了。她有若已把白天的事忘得一干二净，和"硬面包""卡波雷"叽叽喳喳地聊个不停。那时，"竹子小姐"正在帮我进行着摩擦，她就如平常一样，以熟练的手法，刷着我的身体，每当听到"小正儿"他们讲着无聊的笑话时，她也会不时地报以一个微笑。见她这个样子，"小正儿"于是不客气地走到我们的身旁，以语带嘲讽的粗鲁口吻问着"竹子小姐"说："'竹子小姐'，需要帮忙吗？"

"谢谢，""竹子小姐"只是轻轻地点头招呼道，"不劳操心，我马上就好了。"她用清澈的声音这般回答着。

7

我喜欢在这种状况下依然沉静自若、端端正正的"竹子小姐",即使在对我表示拙劣的好意时,她也不曾露出任何丑陋不堪的神态。当"小正儿"往右转了个圈,再次走向"硬面包"时,我小声地对"竹子小姐"说:"'小正儿'真是个做作的女孩子啊!"

"不会啊,她是个本性很善良的孩子呢!""竹子小姐"以一种悲悯爱怜的语气,清晰地回应道。

果然,"竹子小姐"的人格比"小正儿"高尚得多了!我在心里暗自思忖着。"竹子小姐"迅捷地帮我摩擦完身体后,便抱起金属脸盆,前往隔壁的"天鹅之房"支援那边的摩擦工作。她离开了之后,"小正儿"即笑盈盈地再次来到我的床铺前,并以小小的声音问我:"你告诉'竹子小姐'什么了?快从实招来!我可是都听到了喔!"

"我说,你是个做作的小孩。"

"坏心眼!为什么那样说呀?"出乎我意料,她竟然没有生气,"那个,收好了吗?"说着说着,她以两手的指头,比出了个四角形。

"你是说匣子吗?"

"嗯。你把它藏在哪里?"

"那边的抽屉里面。你要拿回去吗?我可是无所谓哟!"

"哎呀，讨厌啦！我要你一辈子留着它，不管再怎么麻烦都要留着，知道了吗？"她以难得的恳切语气，对我这般说着。接着，她忽然冷不防地大叫了起来："果然，从'小云雀'这里，能够把月亮的脸看得最清楚哪！'卡波雷'，过来一下！到这里排排站，拜个月亮吧！吟一首明月呀，还是什么的俳句吧！好不好？"

真是够吵的。

当天晚上，除了这件事外，直至就寝为止，并没有再发生其他异常的状况。不过，接近黎明时分时，我忽然清醒了过来。走廊上照明灯的光线映入了房里，透着朦朦胧胧的微光。我看了看床头的时钟，时间正要接近清晨五点，屋外的景象，似乎还沉落在一片漆黑当中。

这时，我乍然发现，窗外似乎有人正朝着这里探头张望着。是"小正儿"吗？我的脑中瞬时闪现这样的想法。那是一张白色的脸庞，我确实地看见她笑了一下，然后就立即消失了。我从床上坐起身，掀开窗帘往外张望，不过却什么也没看见，心中不禁感到有些怪异。该不会是我睡傻了吧？"小正儿"就算再怎么乱来，也不会挑这种时间吧？我暗自嘲笑自己的想法未免太过浪漫，苦笑了一下，随之又钻回了被窝里去。但是，无论如何，我还是觉得无法忘记。不一会儿，我听见了远处的洗手间方向，传来了一阵阵像是在沙沙地洗东西般的微弱水声。就是这个！我内心想着。至于究竟是什么理由让我这样猜测，就连我自己也不明白。一定是这个！刚才笑着消失的人！现在，那个人确实就在这里！这么一想，我便再也按捺不住，于是倏地跳下床铺，蹑手蹑脚地来到走廊上。

　　洗手间内亮着一盏发着青光的灯泡。我往里头偷偷地望了一眼，只见穿着碎花布和服、围起白色围裙，蹲于地的"竹子小姐"，正在擦拭着洗手间的地板。她将额头以毛巾包裹，样子同伊豆大岛的姑娘一般。她回过头，看到了我，但即便如此，她却依旧继续默默地擦拭着地板。我凝望着她瘦削而小巧的脸庞，这时候，道场里所有的人都还在睡眠之中，而"竹子小姐"，她总是这么早就起床开始清洁工作了吗？我说不出任何赞美之词，只是伴随着跃动不已的心跳，注视着"竹子小姐"擦拭地板的身影。坦白说，这是我有生以来，第一次为自己涌动的惊人欲望而懊恼不已。在黎明前的黑暗中，似乎有种不寻常的感觉，正在蠢蠢欲动着。

8

我总觉得，自己一定是跟洗手间犯冲了。

"'竹子小姐'，刚才……"我想说话，但声音却犹如被卡在了喉头间，我唯能有些气喘吁吁地说："你到过庭院里吗？"

"没有喔！""竹子小姐"转过身面对着我，轻轻一笑，"你是睡迷糊了在说梦话吗，孩子？哎呀，讨厌啦！你怎么光着脚丫子呢？"

听她这么一说，我才惊觉，自己的确没有穿鞋子。大概是由于刚才情绪太过激动，匆匆而来，因此才会连草鞋也忘了穿。

"真是让人放不下心的小孩呢！来，脚，擦一擦！"

"竹子小姐"站起来，将抹布放入了水槽里哗啦啦地搓了搓，随后拿着抹布来到我身旁，她蹲下身子，将我的左右脚脚底都使劲地用力擦拭了一番。不光是脚，我感觉，自己仿佛便连心底深处的角落，也都被拂拭得干净光洁，而那奇怪、可怕的欲望，似乎亦已消逝无形。我一边让"竹子小姐"帮我擦脚，一边将手搁在她的肩膀上。

"'竹子小姐'，今后还得要麻烦你多多关照哪！"我故意学着"竹子小姐"的关西腔说话。

"真是孤独的孩子啊！""竹子小姐"并没有笑，她自言自语似的小声说着，"哪，这双借你穿，赶快去厕所吧！晚安！"

"竹子小姐"说完后，便将自己脚上穿的拖鞋脱下，整齐地放到了我的面前。

"谢谢。"我装出一副若无其事的模样，穿上拖鞋。"我大概真的是睡糊涂了吧！"

"你不是起来上厕所的吗？""竹子小姐"又开始一个劲儿地擦拭起地板，并一面以成熟大人般的口吻对我说着。

"我想，应该是吧。"

我总不能跟她说，"看到窗外有张女人的脸"这种蠢话吧？也许，是因为我自己的心地污浊，所以才会看到那样的幻影吧？一想到自己竟被猥亵的幻想挑动心绪，甚而光着脚丫从走廊一路飞奔而来，便觉自己真是卑微而可耻。对于一个每日摸黑起床，心无杂念地静默打扫的人，我竟会产生这样的念头。

我倚着墙壁，重新注视起"竹子小姐"工作的样子，宛如正在仔细领悟着人生中严肃的那一面。所谓的"健康"，我想应该就是这样的姿态吧！托"竹子小姐"的福，我感觉隐藏于自己心底的那块璞玉，似乎因此而变得更加清明透洁了。

您知道吗？正直的人通常都是好人，而单纯的人往往都是最高贵的。一直以来，我对"竹子小姐"善良的个性多少有点嗤之以鼻。但，现在我发现自己完全错了。确实，您的眼光是正确的，说到底，"小正儿"跟"竹子小姐"不管在哪一方面，根本完全无法相提并论。"竹子小姐"的爱情不会让人堕落，这样的爱情，才是值得让人珍惜的事物。我也想让自己变成同她一样，成为一个拥有着堂堂正正爱情的人。我一天一天地往高处飞，周遭的空气也日益冰冷透彻。

男子汉的一生当中，总有千钧一发的时刻。新男人总是游走于险境之间，然后，踏着健快的脚步，穿梭其中、自由翱翔。

这么一想的话，秋天也不尽然如此糟糕了，虽然它总是带来寒意，却也总是予人抖擞。

"小正儿"的梦是场噩梦，让我忍不住想尽快将它忘掉；然而，"竹子小姐"的梦……如果那是梦境的话，就算要我永远沉睡不醒，那也无所谓了。

特别声明一下，我可不是在谈论什么风流韵事喔！

十月七日

硬面包

1

敬启者：

好强劲的暴风雨哪！这大概就是所谓的秋台吧？话说回来，美国的进驻军似乎也跟这秋台一样，让人感到惊慌失措，听说 E 市那边一下子来了四五百人，不过这附近倒是连一个美军也没出现过。"不要胡乱地惊慌失措，那样只会变成他人的笑柄。"由于场长曾经发表过这样的训词，所以道场的大家相较之下，对此也比较能够处之泰然。唯独一个人例外，那就是助手"金鱼妹"小姐，她整个人因此变得无精打采的，还因而被大家狠狠地嘲弄了一番。大约是两三日前的一个下雨天，"金鱼妹"因事前往 E 市，不过，当她回到道场，那晚与大家一同就寝时，竟忽然抽抽噎噎地哭了起来了。"怎么啦？怎么啦？"面对大家七嘴八舌的追问，"金鱼妹"终于一边抽泣，一边吞吞吐吐地说出事情的原委。整件事情的经过大致如下：

原来，当"金鱼妹"在城镇办完事，来到候车站等待回道场的巴士时，倾盆大雨之中，突然有一辆美军的空卡车驶了过来，接着，那辆卡车不知怎么突然发生了故障，于是便在候车站的正前方停了下来。下一个瞬间，从卡车的驾驶座上，跳下了两名像孩子般的年轻美军士兵，他们冒着大雨，埋头修理起车子来，然而，车子却似乎如何也无法修好，到最后，即便他们已被完全淋成了落汤鸡，却依旧默默地不断摆弄着机器。不久，"金鱼妹"所等待的巴士来了，她于是跑出候车站准备上车，于此之时，她竟突然忘我似的，从自己的布包中取出两颗梨子，递给了那两名年轻士兵。"珊科幽！"背后传来道谢声，她则头也不回地冲进巴士里，随后车子便开走了。就只是这么一件简单的事而已。可是，回到道场后，待她心情渐渐冷静，尽管什么也没对人说，但她却感到内心十分惶恐，而且越想就越觉得担心，到最后，她终于按捺不住了，只好趁着夜里，一个人蒙着头，在棉被里抽抽噎噎地哭泣起来。这条新闻到了第二天早上，便已传遍了整个道场，认为"可以理解"者有之；大叹"不像话者"有之；而急忙趋前打探消息，追问"到底是怎么一回事"者亦有之。总而言之，众人听了之后，莫不大笑一场。至于身为被嘲笑对象的"金鱼妹"本人，倒是丝毫笑意也无，只是摇摇头地说："一直到现在，我的心头还在怦怦乱跳呢！"

除此之外，还有另外一件事，那就是跟我同病房的"硬面包"，最近一直愁眉不展的。每回看他，不知怎么，总是一副烦闷的样子，感觉起来，简直就像是在从事某种奇妙的苦行一般。"硬面包"这人究竟是个秘密主义者呢，还是单纯喜欢装模作样？反正，无论如何，我们全都跟他相处不来，往来时也都像是在对待陌生人般，甚感困窘而格格不入。前天晚上暴风雨来袭的时候，才刚过七点不久，道场里便停了电。因为这样，晚上的摩擦运动只好暂停；而扩音机亦由于无电而停摆，因此晚间也没新闻报道可听了。学员们没办法，只得早早上床就寝。但是，强劲的风声却让所有人难以成眠。

"卡波雷"小声地唱起了歌,"越后狮子"则从自己床铺的抽屉里找出蜡烛,点亮立于枕边,然后,便在床上盘起腿,认真地修理起自己的拖鞋。

"好强的风呀!"就在这时,"硬面包"带着微妙的笑容,朝我们这边走了过来。

"硬面包"会来到别人的床铺边,实在是件相当稀奇的事。

2

　　就像飞蛾会扑向灯火般，人类或许也是一样的吧？在如此的暴风雨夜，即使只是微弱的烛光，亦会使人无比珍惜，而因之会被不觉吸引也说不定。我在心里这样想着。

　　"哎呀呀，"我欠起身子欢迎着他，"遇到这么大的暴风雨，进驻军恐怕也会吓一大跳吧？"

　　听到我的话，他的笑容显得愈发怪异了。

　　"不，没什么，其实那个嘛……"他用稍微滑稽的语气说着，"我的问题，就在于那个什么进驻军呀！总之，我想请你帮我读读看这个。"说完，他将一张信纸递给了我。

　　信纸上头写满了英文。

　　"我不太会读英文。"我面红耳赤地说着。

　　"别这么说，你应该没问题才对吧！像你这样刚从中学毕业的年纪，对外语的记忆力一定最好了，不像我们这把年纪的人，都已经忘得差不多了呢！"他无声地笑了笑，随后在我的床头坐了下来，接着，他用几近只有我听得到的低沉声音，迅速地对我说：

　　"事实上，这是我写的英文。因为文法一定有点不对，所以希望你能帮我矫正矫正。你应该一读便能知道问题所在的吧？道场里的大家似乎总是过度高估了我，把我当成厉害的英语达人来看待，因此，届时一旦道场里来了美军，我想我很有可能被硬推出去当翻译也说不定。一想到那种情况，我就忍不住担心得不知如何是好。所以，就拜托你，帮我检查一下吧！"说着说着，他像是要掩饰自己的尴尬般嘿嘿笑了起来。

"但是，你的英文真的很不错不是吗？"我一面以迷蒙的眼神望着那张信纸，一面向他这样问道。

"别开玩笑了！就凭我这种程度，要当翻译还早得很呢！老实讲，我平常之所以常在助手面前动不动炫耀英语，那实在是有点形势所逼呀！但如果就这样硬被推出去当什么翻译，结果让大家都见识到了我张口结舌、不知所措的模样，那那些助手们还真不知会如何轻视我呢！我可从来没有遇过像这样的窘境啊！这一阵子，我光顾着担心这件事情，便连晚上也睡不安稳，你可一定要帮我看看啊！"说完之后，他又嘿嘿地笑了起来。

我开始读起信纸上的英文。里头一堆我所不认识的单词，但约略还是可以知其大概的，它所要表达的意思如下：

> 您千万不要生气，请原谅我的失礼。我是个可悲的男人，因为我对于英语，不管是听、说，或是其他方面，全都跟婴儿差不了多少。换句话说，我的程度跟您相较起来，实在是远远有所不及。不仅如此，我还有结核病，请您务必小心！啊，危险呀！是的，我把病传染给您的可能性的确非常大。可是，我深深地相信着您，您是一位奉上帝之名的气质高贵的绅士，而我也从未怀疑，信赖您必定会对于像我这样的可怜男人抱持着深刻的同情

心。我的英文会话能力残缺不全，只能勉强地读跟写。如果您对我有足够的体谅与耐心，那么我想拜托您，将今天所要吩咐我的事情，全都记录在这张纸上。接着，我想请您再忍耐个一小时，我会在这段时间内，关在我私人的房间里，研究您的文章。然后，我会以我最大的努力，将您所需要的答复一一书写出来。

敝人在此由衷地祈求您身体健康。当您看见我这贫乏丑陋的文章时，还请切莫感到嗔怒！

3

　　相较于"笔头菜"那封谲诡难解的书信，这封信还算是言之有物。而且，当我认真地阅读完毕后，倒不觉得这一切有多么可笑。姑且不论"硬面包"觉得被拱出来当翻译这件事情有多恐怖，就另一方面来说，他一直是个好面子的人，因此，万一被赶鸭子上架的话，他无论如何都不可能希望自己出乖露丑的。于是，为了不想背叛助手们的期待，他费尽心血，下了功夫多方钻研。他为此所做的种种努力，即便只是透过这封英文信，亦已得以充分体察。

　　"这简直就像是……呃，某种重要的外交文件一样，相当正式。"我忍住笑意说着。

　　"别嘲弄我了！""硬面包"苦笑着，并将我手上的信纸一把抢回去，"哪里有咪斯爹苦（mistake，错误）吗？"

　　"没有，这是一篇非常浅显易懂的文章，称之为'名作'大概也不为过了吧！"

　　"相当让人迷惘的'名作'，对吧？"他以一句无聊的俏皮话回应着我的评论。尽管如此，听了我的赞赏后，他的心情似乎变好了不少。只见他露出了一副有点得意、显得理所当然的表情说道："因为当翻译的责任呢，可以说是相当重大，所以我才会希望获得对方的应允，得以使用笔谈。我平常实在是太过卖弄自己的英语知识了，因此，这次或许会真的被拱出去当翻译也说不定。总之，现在想逃也逃不掉了，还真是件麻烦事啊！"他一脸兴致索然地说着，语罢，还故意轻轻叹了口气。

不一样的个体，都有着各自所忧心的事情吧！我顿然对此深有所感。

不知是因暴风雨的关系，还是由于微弱的灯火之故，总之，当天夜里，同房的我们四人，围绕着"越后狮子"所燃点的那盏烛光，很难得地会聚一起促膝长谈。

"所谓的自由主义者，那个啊，到底是什么样的人呀？""卡波雷"不知何故，突然压低声音这样问道。

"在法国呀，""硬面包"大概是在英语方面吃到了苦头，这次改卖弄起有关法国的知识来了，"有一群叫做怀疑论者的家伙，这些人讴歌自由思想，行为放浪不羁。说起来，那是发生在十七世纪的事情，距离今天大概已有三百年左右了呢！"他挑了挑眉，装模作样地继续说着，"这些家伙主要倡导的是宗教自由，听说，他们的手段似乎颇为粗暴。"

"怎么会？有什么好粗暴的？""卡波雷"露出一脸意外的表情继续问着。

"嗯嗯，这个嘛……事情是这样的，简单地说，他们大概就是过着我们所谓的'无赖汉'那样的生活。在戏剧里面，不是有位著名的大鼻子西拉诺吗？这个角色从某方面来说，就是在影射当时的那些怀疑论者。他们总是反抗有权有势者，并不吝帮助弱者，那时候法国所谓的诗人之流，几乎都是这个样子。打个比方的话，这群人就有点近似于我们日本江户时代被称为'男伊达'的那些行侠仗义的侠客们。"

"原来是这么一回事呀!""卡波雷"听了之后,迸出一句话来,"那就是说,幡随院长兵卫①也算是个自由主义者啰?"

---

① 日本十七世纪初著名的侠客领袖,被尊称为"日本侠客之祖"。

4

不过,"硬面包"并没有因为这个突兀的问题而发笑。

"硬要这么说的话,我认为事实上也没什么不可。说得更明确一点,虽然和现代的自由主义者在形式上有点不一样,不过,十七世纪时候的怀疑论者,大抵上就像你所说的那样,也就是说,他们搞不好和花川户的助六①,或是怪盗鼠小僧次郎吉之类的家伙没什么两样喔!"

"嘿嘿,还有这种事呀!""卡波雷"听了之后,露出了一副相当开心的表情说着。

正在缝补破拖鞋的"越后狮子",也不禁跟着笑了起来。

"大体上,所谓的自由思想,""硬面包"的神情渐渐地认真了起来,"其原本的形态,就是一种反抗精神——或者可以这样说,那是一种破坏思想。它不只是一种为了去除压制或束缚而萌发的思想,更是过于压制或束缚下油然产生的反作用力,是一种具有斗争性质的思想。我举个例子来说好了,有一天,野鸽子向神明许愿说:'我在飞行的时候,总是被空气这东西所阻碍,让我不能很快地前进,我真希望不要再有空气这种东西!'神明满足了它的愿望,可是,自此以后,野鸽子不管再怎样拍打翅膀,也没办法飞上天空了。这个故事

---

① 歌舞伎剧中想象的侠客。

里的野鸽子,所比喻的就是自由思想。鸽子必须借着抵抗空气,才能往上飞翔;没有斗争对象的自由思想,就如同在真空管中鼓动翅膀的鸽子一般,不管如何都是飞不起来的。"

"和现在某个知名的男人似乎挺像的?""越后狮子"停下了缝补拖鞋的手,对"硬面包"这样说道。

"哎,""硬面包"搔了搔自己的后脑勺,"我没有这样的意思啦!这不过是康德所举的例证罢了。我对于现在日本政治界的事,可说完全一无所知哪。"

"但是,不或多或少知道一点的话,那可是不行的哟!听说,往后所有的年轻人都会有选举权和被选举权,所以还是得知道一点才行哪!""越后"露出了长者的神态,从容镇静地说:"真要说起来的话,自由思想的内容,会因为每个时代的差异而产生完全不同的意义吧!为追求真理而奋斗的天才们,全都可以称为自由思想家。我一向认为,自由思想创始的根源,乃是在于耶稣基督——'把烦恼丢开,看看那空中的飞鸟吧!它既没有春耕、夏耘,也没有秋收、冬藏。'① 这不就是一种令人赞叹的自由思想吗?我认为,西方思想全都是以基督精神为基础,或者更加详尽地阐述,或者更浅显易懂地解释,或者是加以质疑。总之,各式各样人物所提出的诸多学说,其实全都可以归结于一本《圣经》。便连科学,也不能说与它没有关联。奠定科学基础的事物,不管是物理界,

---

① 原文出自《马太福音》,译文为:所以我告诉你们,不要为生命忧虑吃什么,喝什么,为身体忧虑穿什么。生命不胜于饮食吗?身体不胜于衣裳吗?你们看那天上的飞鸟,也不种,也不收,也不积蓄在仓里,你们的天父尚且养活它。你们不比飞鸟贵重得多吗?

或是化学界，全都是所谓的假说。举凡肉眼所看不见的，都是以假说为出发点。这种假说就是基于信仰，而所有的科学也都因之而生。因此，日本人研究西洋哲学、科学之前，非得先研究《圣经》不可。只是专注于钻研西洋文明的表面事物，这就是日本大失败的真正原因。无论是自由思想或是什么，如果不懂得基督精神的话，就连一知半解也不可得。"

5

"越后"说完后,在座的所有人全都陷入了短暂的沉默当中。就连"卡波雷"也露出了一副深思的神色,一言不语地时而点头、时而摇头。

"再接着说,自由思想的内容无时无刻不在改变,这种事是有先例可言的。"这天晚上,"越后狮子"异常地雄辩,感觉起来有点像是名不知来自何方的莫测高深的隐士。事实上,他搞不好真的是相当有来头的人物也说不定,如果身体无恙的话,他现在应该是个为国家担负起重大职责的人吧?我在心里这样暗自想着。

"从前中国有个自由思想家,他因反对当时的政权,愤而隐居深山。他认为,那是世情时局时不我与,一切并非他自己的失败。他持有一把名刀,他打算,待到时机来临,便要以这把刀击杀政敌。故而,他就这样带着满满的自信,归隐山林。经过十年,世界整个改变了;他认为时机来临,于是下山,向大家宣扬他的自由思想。然而,当他回到这个世界,其十年前所怀持的自由思想,却业已成了陈腐的投机思维。最后,他只能拔刀明志,向民众展现自己的意气。这是个有点悲伤,甚至充满着苍凉感的故事。它告诉我们,所谓十年如一日,不变的政治思想,只不过是一种迷思罢了。日本明治以来的自由思想也是这样的,先是反抗幕府,然后纠弹藩阀，接着攻击官僚。孔子说：'君子豹变。'①我想，指的也就是这种情况吧？在中国，所谓的'君子'并不同于日本所指，仅为烟酒不沾、端端正正之人，而是代表着一种精通六艺、近乎天才意味的存在；或者，我们可以更正确地说，君子，就是具有天才般应变手段的人。这就是所谓的'豹变'，它是种展示于众人面前的美丽变化，而不是丑陋的背叛。基督也这样说过，'不可背誓'。同时，他又说：'不要为明天忧虑。'其实，这不就是自由思想家的老前辈吗？'狐狸有洞穴可居，天空的飞鸟有巢可住，只有人子，却连安枕的地方也无。'②这应该正是自由思想家的同声慨叹吧！连一日的安居都不被允许，这就让人非得有一种'苟日新，又日新'的精神不可。今天的日本，还在一味地攻击昨日的军阀官僚，那已经不叫做自由思想了，而叫投机。倘若是真正的自由思想家，这种时候，应该要把一切都放下，开始为了某些撞击时代的真切事物而大声疾呼才对啊！"

"什、什么呀？应该大声疾呼些什么呀？""卡波雷"惊慌失措地问道。

"还不明白吗？""越后狮子"正襟危坐地说着，"就是要大声呐喊'天皇陛下万岁'呀！昨日之事已然陈旧，但今日之事，必须是最新的自由思想才行。十年前的自由和今天的自由，意义是不一样的。这绝对不是什么神秘主义，而是人类原本的爱呀！今天，真正的自由思想家应该拼命这么大声

---

① 其实这是《周易》里的文字，并非孔子所言。
② 语出《马太福音》。

疾呼才是。既然美国这个国家以自由为名，必定可以认同日本的这种自由呼声的。如果现在的我没有生病的话，还真想站于二重桥前，大声高呼'天皇陛下万岁'呢！"

"硬面包"摘下眼镜，哭泣了起来。这个暴风雨夜，使我彻底喜欢上了"硬面包"。

身为男人真是一件好事；不管是"小正儿"或"竹子小姐"的事，在这一刻全都不成问题了。

以上，就是以"暴风雨中的灯火"为题，来自道场的讯息。就此搁笔，抱歉了。

十月十四日

口　红

1

诚挚地感激您的回复。承蒙您对我前几天的那封"暴风雨之夜的会谈"的深切赞赏,我备感至幸。您表示,依您看来,"越后狮子"说不定是什么当代罕见的大政治家或知名大学者之类的,然而,我并不这么想。如今的时代已与过往大不相同,这是个即使是身处街头巷尾的无名小百姓,亦可趋前大吐正道的时代。不过,国家的领导阶层却依旧惊慌失措,如同无头苍蝇似的东奔西窜。如果这种状况一直持续下去的话,显然,他们很快就会被现今的民众所摒弃。虽然大选的时间已逐步逼近,但他们于演说中所阐述的仍为那些谬论。如此一来,我想结果只有一个,那就是让民众渐渐对所谓的"民意代表"感到鄙夷吧!

说到选举,今天,在道场里,发生了一件相当奇妙的事。今日正午方过,从"天鹅之房"那递过来了一份要给全体传阅的板,上头写着下列讯息:

> 在对妇女即将获得参政权一事额手称庆之余,我辈必须说,本道场某些助手的浓妆艳抹,不只让人看了难受,更足以令国民的参政权也为之哭泣。我辈曾有耳闻,美国进驻军经常将搭着鲜艳口红的妇女误认为娼妓,故此,像这般的行为,不仅为道场添上一笔不名誉的阴影,

更是全体日本妇女之耻辱。

接下去,"天鹅之房"的家伙们还仔细地将那些他们所认为最为浓妆艳抹、看起来最刺眼的助手绰号,一一给列了出来。最后,他们还补上了这样一句话:

> 在右记六名助手当中,尤以"孔雀"的装扮最为丑怪,简直就同猴子穿西装一样,令人作呕!虽经我辈屡再规劝,然其却无片毫反省之意。因此,我辈认为,应该将她逐出道场。

隔壁的"天鹅之房"从以前开始就是一些个性强悍的大男人所盘踞的场所。在助手间颇受欢迎的"硬面包",便是由于之前在"天鹅之房"待不下去,因此才会在道场的安排下,逃到我们"樱之房"的。相较起来,我们"樱之房"拜"越后狮子"深厚的人望所赐,简直是间如沐春雨般的病房呢!这回传阅的板,同样也是上述这种状况下的产物。"这简直是太过分了!""卡波雷"一看到板子上的内容,便马上劈头大喊着:"我完全不能赞同!""硬面包"也微微一笑,表示支持"卡波雷"的想法。

"这真的非常过分不是吗?"接着"卡波雷"又转过身,寻求"越后狮子"的认同,"既然人类应当一视同仁,那么,我认为,将人逐出道场是极度不正确的行为。不管在什么情况之下,我们都不该忘记人类与生俱来所固有的爱才对呀!"

"越后狮子"默默地点了点头表示同意。

"卡波雷"见机不可失，又继续趁势寻求我的认同："呐，我说的没错吧？自由思想不应该是这么小气的东西啊！喂，坐在那边的小老师，你觉得怎样？我想，我的论点应该没有错吧？"

"但是，再怎么想，隔壁的那群人，总不可能真把人给逐出道场吧？依我看来，他们不过是想在大家面前展现一下自己的气魄罢了。"我笑着说道。

"不，才不是这样。"我一说完，"卡波雷"随即否定了我的话语，"妇女参政权和口红之间，压根儿没有什么致命的矛盾关系。在我看来，那些家伙平常就挺瞧不起女人，选在这种时候发作，只不过是借题发挥罢了！"真是一语道破。

2

接着,"卡波雷"又按照惯例,开始说起了他那番堂堂皇皇的大论点:

"世界上有所谓的大勇与小勇,说起来,那些家伙就是所谓的'小勇'啦!他们竟敢用'白板(无毛男)'这样讨厌的绰号来称呼我!我从很久以前便一直觉得十分火大!尽管我也不是太喜欢'卡波雷'这个绰号,但他们竟然还叫我'白板',这口气我无论如何都无法咽下!""卡波雷"一边为了毫不相干的事情大感愤慨,一边从床上跳下来,扎好腰带说:

"我要把这块板敲成碎片,再丢回去给他们!自由思想可是从江户时代以来就有了哪!人类所不能忘记的智仁勇,统统都蕴含在这里面啊!大家就放心地把这件事情交给我吧!我现在就到那去,当着他们的面把这玩意儿给敲碎,然后再丢回去给他们!"说着说着,他的脸整个赤红了起来。

"等等,等等!""越后狮子"一边以毛巾擦拭着鼻头,一边对"卡波雷"说:"你不能去。这件事情,就交给坐在那边的小老师去办吧!"

"交给'小云雀'?""卡波雷"露出一副非常不满的样子说着,"虽然这样说或许有点失礼,但是对'小云雀'而言,这样的负担未免太过沉重了吧?那些家伙可不是现在才开始这样的，他们自老早以前就都是这副德性呀！竟然敢叫我'白板'，这口气我实在是咽不下去！所谓的'自由与束缚'，不就是这么一回事吗？自由与束缚其间的含意，不也正是'君子豹变'这回事吗？那些家伙根本不懂何谓基督精神，照这种情况看来，还是非得让他们见识一下我的手段不可。总之，派'小云雀'去，根本不行啦！"

"我去一趟！"我跳下床，动作迅捷地挤上前去，一把将"卡波雷"手上的传阅板取了过来，并走出房间。

"天鹅之房"似乎正急不可耐地等待着我们"樱之房"的回应，当我一踏进房门时，那里的八位学员全部一拥而上，七嘴八舌地问道：

"如何？是个大快人心的提议吧？"

"樱之房的小白脸们，你们应该觉得很伤脑筋吧？"

"你们该不会想背叛我们吧？"

"学员要团结一致，向场长提出驱逐'孔雀'的要求。那个猢狲精，给她选举权还是什么的，都嫌太浪费了啦！"

只见他们你一言我一语，大声喧闹个不停，每个人的样子，全都幼稚得如同爱捣蛋的小孩般。

"让我也说几句话行吗？"我用比他们更大的声音，使劲地吼了出来。

被我这样一吼，他们顿时间变得鸦雀无声；不过，没一会儿，他们便又开始重新吵吵嚷嚷了起来：

"少管闲事，少管闲事啦！"

"'小云雀'，你是来投降的吗？"

"你们'樱之房'的家伙，连一点紧张感都没有吗？现在可是日本的关键时刻啊!"

"已经沦为四等国了还不自知,还在那里光顾对着美女流口水啊?"

"怎样啦!有话快说,有屁快放啊!"

"今晚就寝时间之前,"我像是要撑破喉咙似的大声叫着,"我会给大家一个答案的!如果到时候,我的处理方式还是让大家觉得不满意,那就照着各位的意见行事吧!"

房里头再度落入一片无声。

3

"你,反对我们的提议吗?"沉寂片晌之后,一名有着黄颔蛇般令人望而生畏的眼神的三十岁男子开口问道。

"不,我非常赞成。所以,针对这点,我想出了一个相当有意思的计划,还请大家务必让我放手试试。拜托各位了!"

听了我的话,"天鹅之房"众人的火气似乎也平息了不少。

"大家都同意吗?那么,谢谢大家了!这块板,就麻烦借我用到晚上啰!"我一边说着,一边快步走出"天鹅之房"。真是太好了!不难嘛!接下来的事情,就得要拜托"竹子小姐"啰!

一回到房间里,"卡波雷"便带着一副颇不甘心的模样,不断对我絮絮叨叨个没停:

"不行啦,'小云雀'!我在走廊上都听见啦!那些道理呢?怎么连一句都没有摆出来?就算是把基督精神和君子豹变一次讲完也好啊!还有自由跟束缚,说一说也行啊!因为那些家伙一点道理也不懂,所以跟他们讲清楚这些道理才是最重要的啊!另外,'自由思想就是空气和鸽子',我怎么也没听你提到呢?"

"等到晚上吧!请放心交给我吧。"我只说了这样一句话,随后便躺回了自己的床上。

唉，这的确有点累人呢。

"就交给他，交给他吧！"原本就躺于床上的"越后"，此时以颇具威严的声音说着。既然这样，"卡波雷"也不好再多说什么了，他勉勉强强地躺了下来。

我并没有什么其他的计划，因为，我相信，只要将这块板子拿给"竹子小姐"看，她必定会想出妥善的处理方法的，我对此充满乐观。到了下午两点的伸展运动时间，"竹子小姐"恰巧经过房前的走廊，一见她稍微望向我这处，我便立即伸出右手，以小小的动作对她比了个"过来、过来"的手势。看了我的示意，"竹子小姐"轻轻点了点头，随即进到屋里。

"有什么事吗？"她一脸认真地询问着。

我一边做着脚部运动，一边小声地说：

"枕头，枕头啦！"

"竹子小姐"发现了枕头上的传阅板，将它拿起，约略地默读了一遍。

"这个借我一下。"她以冷静的口吻说完这句话后，便将那块传阅板夹于自己的腋下。

"赶快把有问题的地方改过来，不要犹豫了！越快越好！"

"竹子小姐"露出了若有所悟的神情，微微地点了点头，然后，她走向床头的窗户，默默地眺望着窗外的景色。

过了一会儿后，她忽然将身子探出窗外，以毫无虚饰的自然语气，轻轻地叫唤道：

"源先生，您辛苦了哪！"

窗户的下方，打杂的老工人源先生，自两三天前开始就不停地在那拔着草。

"唉，盂兰盆节过后才刚除过草的，"源先生在窗下回应着，"结果现在又长起来了！"

我站在一旁，低声应和着"竹子小姐"的那句"您辛苦了哪！"，心中充满了钦敬之情。虽然，她面对传阅板一事所展现出的面不改色的冷静态度同样令我十分感佩，但，相较起来，她这温柔体贴、美妙醉心的声音，更显气质动人。那声音听来，宛如就同某位大户人家的夫人，正在走廊边对着老园丁讲话似的，完完全全一派从容闲适，让人感到非常有教养。或许就像"越后"曾经说过的那样，"竹子小姐"的母亲一定是个相当了不起的人吧？如果是托付给"竹子小姐"的话，这桩浓妆事件一定能够轻松漂亮地解决的，现在的我，似乎感到更加安心。

4

事件接下来的发展中,我对"竹子小姐"的信赖,得到了出乎我预料、相当惊人的回报。就在下午四点的自由活动时间,忽然,自走廊的扩音器里,传来了事务员的声音:

"请保持原姿势、保持原姿势,轻松地聆听这段广播。长久以来一直引起争议,有关于本道场助手小姐们的化妆问题,刚刚助手小姐们已经自发性地提议,决定要以今天为最后期限,进行全面的改善。"

"哇喔!"隔壁的"天鹅之房"响起了一片热烈的欢呼声。事务员接着继续说着:

"今天晚饭后,她们将各自把妆洗掉。然后,最迟于今晚七点半的摩擦时间前,她们将会以不致让美国人产生奇怪误解的简朴打扮出现于各位面前,还请所有学员拭目以待。接下来,请大家听听助手牧田小姐的话,她表示,自己想向各位学员表达一点自己的深挚歉意,还请大家务必体谅包涵!"

牧田小姐便是大家一向所称呼的"孔雀"。只听"孔雀"轻咳了一声,清清嗓子开口说道:

"我啊呀……"

她才刚一开口,隔壁的房内便传来了哄堂大笑。但其实,即便是在我们房里,大家也已全都笑成了一团。

"我啊呀,"她用一种像是蟋蟀鸣叫般的声音,带些楚楚可怜的细声细气说着,"向来就很不懂得看时机跟场所,虽然年纪最大,却总是那样粗鲁无用,专门做些让人很懊恼的事。因此,我在这里,向各位深深地致上歉意。今后,无论如何,还希望各位不吝指教!"

"好啊!好啊!"的喝彩声,自隔壁不断地传来。

"还真是可怜哪!""卡波雷"若有所思地说着。然后,他斜斜地瞥了我一眼。听了这段话,我的心里也感到有些酸涩。

"最后,"事务员做出了总结,"这是助手小姐们共同的希望:她们希望,大家能够立刻更改掉牧田小姐一直以来的绰号。关于这件事,还请大家务必多多帮忙。今天的临时广播就到此为止。"

广播一结束,"天鹅之房"立刻又送来了另一块传阅板来。

> 我们全体对此结果一致表示满意!"小云雀",辛苦你了!另外,我们建议,"孔雀"应该改名为"我啊呀"。

对于这个有关绰号的提议,"卡波雷"立刻大表反对,他认为,不管再怎么说,帮她取上"我啊呀"这个绰号,实在是太残酷了。

"你们不觉得,这样子未免太悲惨了吗?她可是拼了命在道歉的哪!不是都说了,要体谅她那真挚的心意吗?我们不也曾说,'看那天空的飞鸟'云云吗?这样叫做一视同仁吗?

在诅咒别人之前,也要先挖好两个墓穴呀!① 因此,我绝对反对这个提议——我认为,'孔雀'洗掉白粉后,将会露出本来的黑色肌肤,所以,改名'乌鸦',可能会好一点。"

(若照你这样改,反而还更加毒辣残忍吧!不管怎样,都万万使不得啊!)我在心中暗暗叫道。

"既然'孔雀'要变得朴素了,那么,我们就把'孔雀'的前一字省去,称呼她为'雀(麻雀)'吧!""越后"这样说完后,呵呵地笑了起来。

"雀"是吗?听起来似乎颇有几分道理,但实在是有点无趣。不过,因为是长老的意见,所以,我还是在传阅板上这样写着:

"我啊呀"太过残酷了,叫她"雀"比较妥当。

然后,我们请"卡波雷"回传给他们。据说,当时在"天鹅之房",正在热烈搜集着自各个房间汇聚而来的绰号提案,不过最后,"我啊呀"似乎还是落选了。话虽如此,但当时"孔雀"那轻咳一声,然后脱口吐出"我啊呀"这几个字的情景,无论如何,都令人非常难以忘怀。说句老实话,我个人倒是觉得,除了"我啊呀"之外,其他的绰号,都还有点逊色呢!

---

① 日本的阴阳师诅咒别人时,因诅咒的回向,自己也要有死的觉悟,所以必须先挖两个墓穴。

5

七点的摩擦时间一到,"金鱼妹""小正儿""霍乱""竹子小姐",每个人手上都各自抱着一个金属脸盆,来到"樱之房"。"竹子小姐"若无其事地直接走到了我的身旁。至于"金鱼妹"和"小正儿",她们同样是这次化妆事件中被点名注意的人物,不过,看她们当晚的模样,虽然发型似乎稍微做了改变,但脸上看起来应该还是带着点淡妆。

"'小正儿'好像还是有搽口红吧?"在我如此小声探问着"竹子小姐"的同时,她已开始帮我摩擦起身体了。

"那已经是又擦又洗,折腾了老半天之后的成果了呢!要一次完全纠正的话,毕竟还是太过勉强,还年轻嘛!"

"不过,'竹子小姐',你的行动力还真是了不起哪!"

"事实上,对于这件事情,场长先前已经提醒过好几次了。今天事务所的广播,场长也听了,并且觉得相当满意。后来,他还问我说:'今天的广播是谁的构想啊?'当我告诉他是'小云雀'的提议之后,就连一向不苟言笑的场长,竟也不禁淡淡地微笑着说:'真是讨人喜欢的小孩哪!'"

或许是今日的口红事件使她不禁兴奋起来吧?"竹子小姐"今晚不同于平常,显得相当健谈。

"那不是我提的案啦!"对我来说,功过赏罚不分明,那可是绝对不行的。

"就意义上来说是一样的呀！如果'小云雀'不说的话，我也不知道该怎么去做才好。除了众人喜欢的白脸之外，会被人怨恨的黑脸，也总得有人甘愿去承担才行啊！"

"的确是会遭人怨恨呢！"

"嗯。""竹子小姐"露出了她那独特的淡漠笑容，并摇了摇头说："其实，遭人怨恨倒也没什么大不了的，只不过会有点难过罢了。"

"听到'孔雀'的道歉，也让我有点难过。"

"嗯。牧田小姐呢，她是自己主动告诉我，说要出来道歉的。她连一点埋怨都没有，是个很好的人呢！不过，大概就是不太会化妆吧！你看，其实我也稍微搽了点口红喔！看不出来吧？"

"什么呀，这样你也同样有罪喔！"

"看不出来的话，就没事啦！"她带着一副淡然无事的表情，继续为我摩擦身体。

这就是女人哪！我在心里这样想着。然后，这是自从我来道场之后，第一次觉得"竹子小姐"似乎很可爱。哎，她可是个像真鲷一样的女人耶！我想，我还是别做傻事吧！

听完我的话，您觉得如何呢？我在此诚挚地重新建议您，来我们的道场走走吧！这里有一位值得尊敬的女性，既不属于我，也不属于您，这是现在的日本，唯一值得向世界夸耀的珍贵宝物。说我用近乎小题大作的方式在赞美她也好，或讲我是被她给彻底征服了也无所谓，总之，那么一位毫无欲望、对人始终怀抱着深刻关爱之情的年轻女孩，在这世上确实也是极为罕见的吧？"竹子小姐"对于您而言，应该也已不再只是种欲望之类的存在，而是单纯爱的情怀吧？在这里，存在着我辈新男人的胜利。男女之间，可以只是基于信赖和关爱而成为朋友，我们一定可以办得到这点。这是只有我辈新男人才能品尝的，上天赐予的美味果实。如果，您也想体会那纯净而深邃的滋味，年轻的诗人啊！请您务必到我们的道场走访一遭。

　　话虽如此，但说不定，在您的周围，早有着更出色、更纯净的果实，等待着您采撷品尝呢？

　　　　　　　　　　　　　　　　　　十月二十日

花宵老师

1

承蒙您昨日的来访，我感到十分开心。没想到这种时候，我竟还能收到您所送的花束，另一方面，没想到便连"竹子小姐"和"小正儿"也各自收到了一份礼物——一册红色的英语小辞典。真不愧是诗人作风，设想十分亲切周到，特别是能想到为"竹子小姐"及"小正儿"带来礼物这点，更是让我感佩不已。

自从我收下了她们的香烟匣和竹编藤娘人偶后，即便我什么都没说，但其实内心是相当在意的，总觉得若不找机会回送点什么，似乎说不太过去。而您注意到了这一点，并替我带了伴手礼来，这使我着实松了一口气。就这方面来说，您看来比我更有新派作风的味道呢！对我而言，不管是从女人那里接受东西也好，或是反过来送东西给她们也好，都只会让我感到有些绊手绊脚，从而不自觉地生出某种烦厌感。也许，就这点来说，我才是有点老古板的也说不定呢！要做到像您这样毫不羞涩、干脆大方地与人进行礼物赠答，我想我还有很多的地方需要修炼呢！另外，从您的身上，我感觉到，自己似乎还有另一项相当需要学习的东西，看着您那开朗坦然的德行，我不禁这样想着。

当"小正儿"说"有访客哟！"然后带着您走进房间的时候，您可以感受得到吗？我的心脏已兴奋得如同要喷出血般，一直怦怦地跳个不停。

虽然看到好久不见的您，让我感到无比喜悦，然而，比起这个，当我看见您与"小正儿"仿佛多年旧识般地微笑并肩走进来时，我更是笑得乐不可支。那种感觉，简直就像是天方夜谭一样。那番似曾相识的心情，我于去年春天时也曾经品尝过。

去年春天，刚从中学毕业之时，我染上了肺炎，由于发高烧的缘故，我终日都是昏昏沉沉的。而就在某天，当我偶然往病床的枕边望去的时候，我发现，我中学的主任木村先生，正与母亲在旁边十分投缘地说笑聊谈着。方时，我感到十分惊讶。学校与家庭，分处于两个截然不同的遥远世界当中，而这样的两个人，竟会在我的枕边，宛若多年老友般地契合交谈着，这实在是件不可思议的事情，就犹如是在十和田湖看见富士山一样。那个时候，我感觉到一股纷乱，却恍若天方夜谭般的幸福感，正于我的胸口中雀动不已。

"你看起来，似乎变得相当有精神了呢！"您一面说着，一面将花束递给我。正当我迟疑不定，不知该将它置于何处之时，只见您用极其自然的神态，向"小正儿"请托道：

"随便找个粗花瓶都可以，去帮'小云雀'借一个，好吗？"

听了您的话之后，"小正儿"点点头，立刻前去拿花瓶；至于我，则是目瞪口呆，感觉自己仿佛如同在做梦一般，对于眼前所发生的这一切，完全一头雾水，丝毫理不清楚。

"你以前就认识'小正儿'？"我脱口而出，问了一个相当愚蠢的问题。

"你不是在信里跟我提过她吗?"

"这样啊?"

说完之后,我们两人都不禁哈哈大笑了起来。

"你一见到'小正儿',就立刻认出是她吗?"

"没错,我看第一眼就认出来了。比起想象,她实际给我的感觉要好上太多了。"

"喔,怎么说?"

"艳丽,且充满着恋爱少女般的情怀。没有想象中的个性恶劣,的确有点孩子气。"

"你说得没错。"

"不过,并不是个坏孩子。骨架很纤细,给人一种娇小的感觉。"

"你说得没错!"

我感觉得到,自己的心情显得相当开怀。

2

"小正儿"手中端着一只细长的白色花瓶走了过来。

"谢谢!"您将它接了过去,并随意地将花往里头插去,"等一下再请'竹子小姐'帮忙把花插好吧!"

当您一将这句话说出口,病房里的气氛便即刻转变了。虽然您立刻从口袋里掏出那本准备好的小辞典送给"小正儿",但"小正儿"并没有露出喜悦的神色,她仅默默地礼貌道了谢,便急急忙忙地离开了房间。我只能说,这果然证明了"小正儿"的脾气并不是太好。"小正儿"绝对不是那种会客客气气、小心谨慎地向人致谢的女孩。不过,对您而言,除了"竹子小姐"之外的人,都没什么大不了的吧?所以,就随她去吧!

"天气不错,我们到二楼阳台上去聊聊天吧!现在是午休时间,所以没关系。"

"因为你信上都写得很清楚,所以我才刻意挑午休时间过来的。而且今天是星期天,我还可以听到励志广播呢!"

您一边笑着,一边同我走出房间,踏上楼梯。这时,我们两人的表情忽然变得严肃起来,接着开始讨论畅言起天下之大事。这到底是怎么一回事呢?我们不是都已经有所觉悟,要将自己的生命托付给那尊贵的人,轻快地飞往任何地方了吗?既然如此,那应该已经没有任何需要讨论的事情才对吧？不过，我想，这应该只是我们彼此间因一时的情绪激动，而针对所谓的新日本的再建，稍微吐露一点自己内心深处的想法罢了。男人之间，无论彼此的关系如何亲密，但久别重逢之时，总不免会想向对方陈述自己的远大志向，好让自己的进步得到对方的认可。说不定便是因为如此，我们才显得焦躁不安。一走上阳台，您又开始为日本基础教育的失败感到愤怒：

"正因为小时候所接受的教育往往将决定一个人的一生，所以，我认为，应该要让更高明的人来主持这件事才对。"

"是呀！由那种光是考虑报酬几何的人来主持教育，根本不行哪！"

"没错，没错！在功利主义的虚伪与欺瞒下，孩子们根本没有良好发展的可能性！毕竟，大人们的讨价还价，他们已经看得太多了哪！"

"我完全同意。表面上的故弄玄虚已经过时了，要是现在的话，应该一下子就会被看穿了吧？"

您和我差不多，在议论方面似乎都不怎么高明。不知怎么，我们的谈话，似乎逐渐变成了仅仅是针对相同的事情在一而再、再而三地反复讨论。

接下去的这段时间中，我们那不高明的议论也渐显断断续续了起来。"不过""主要是""总之""终究"，说来说去，好像就只有这几个字眼不断地窜出。然而，正于我们已感疲惫不堪之际，"竹子小姐"忽然出现于楼下玄关前的草地上。我想都没想，立刻对她大喊了一声："'竹子小姐'！"就在我呼喊她名字的同时，您将裤子上的皮带给重新系紧了些。这有什么特别的意义吗?"竹子小姐"一边以右手贴着额头遮挡着阳光,一边抬起脸注视着阳台。

"什么事呀?"她笑着这般回应。老实讲,"竹子小姐"那时的模样,看来还真是不赖。

"我曾经说过,有个人非常喜欢'竹子小姐',现在他来了,就在这里。"

"好啦,好啦!"您急急忙忙地对我这样说道。事实上,在那种时候,我想,除了连忙地说着"好啦、好啦"之外,您大概也说不出其他什么了吧——这样的情况,我也曾经体验过。

3

"讨厌啦！""竹子小姐"这样说着，并微微地倾着脸，朝您笑着说："欢迎光临！"您的脸整个都红了，忙不迭地对着她点头行礼。接着，您像是有点不高兴似的对我小声地说：

"什么嘛！她明明就是个相当标致的美女啊！你还真是个笨蛋哪！我可是因听你在信里不断说她只是个'高大壮硕相貌端正的女孩子'，所以才十分放心地夸奖她的，可是，这算什么嘛！她分明就是个大美人不是吗？"

"和想象的不一样是吗？"

"不一样，不一样，非常不一样！'高大壮硕、相貌端正'，这种形容方式，听来简直就像将人给当作了马来描述一样。什么嘛！那明明就是不以'苗条纤细'来形容，还找不出第二个词汇的玲珑身段啊！肤色也没你说的那样黑不是吗？这样的美人……哎呀，我不行了，危险呀！"就在您又急又快地说着这一长串话的时候，"竹子小姐"轻轻地点了点头，然后便准备朝旧馆的方向离去。您一见状，不禁当场慌张了起来："等一下，你，赶快帮我叫'竹子小姐'稍微留步啊！礼物，我还有礼物呀！"说着说着，您把手伸进口袋，取出了那本小型辞典。

"'竹子小姐'！"就在我大声呼喊她的同时……

"不好意思，我用丢的啰！这是'小云雀'托我买的，不是我送的哟！"说时迟那时快，刷地一声，那本红色封面的可爱小辞典，便从您的手中飞了出去，它在空中滑行的模样，看来还真是美丽。我心中不由得对您感到暗暗佩服。而"竹子小姐"则相当有技巧地，以胸部接住了您那纯情的礼物，"谢谢您！"她朝您客气地道了声谢。看样子，不管您再怎么说，"竹子小姐"依旧知道礼物是您送的。眺望着"竹子小姐"走向旧馆的背影，您幽幽地叹了口气说：

"危险呀！这真是危险呀！"您露出了十分认真的表情，低声地喃喃自语着，这使我不禁感到又奇怪、又可笑。

"'竹子小姐'真的有那么危险吗？她可是那种即使与之独处于黑暗的房间内，也不会让人想入非非的人喔！我可是亲身试验过的喔！"

"你呀！净说些愚蠢的傻话！"您以带些怜悯的语气数落着我说："难道，你连美女或非美女之间的区别都分不清楚吗？"

我听了您的话之后，不免觉得有点生气。您呀，才真的是什么事都弄不清楚呢！您所看到的"竹子小姐"之所以那样美丽，是因为"竹子小姐"那美丽的心毫无遮掩地直接映照于您的心上之故；但是，如果您冷静观察的话，便会发现，"竹子小姐"实在一点也称不上为美女。相比之下，"小正儿"可远远比她漂亮；只是，"竹子小姐"那因高洁人品所散发出的光芒，会使她的美丽完全地被凸显出来，就不过是这样罢了。对于女性的容貌，我可是有着比您更加严厉不知多少倍的审美眼光呢！不过，我想，如果那时候就女性容貌的问题向您大发议论的话，似乎是件颇为低俗下流之事。所以，我选择了保持沉默。总之，由于"竹子小姐"的事，我们两人间似乎有点针锋相对了起来，同时，谈话的气氛似乎也变得有些不愉快的倾向。这真不是件好事情。真的，您应该相信我，"竹子小姐"不是美女，也没有什么危险可言。说她"危险"？这不是件很可笑的事吗？"竹子小姐"事实上跟您差不多，就只是个过度严肃的人罢了。就在我们保持着短暂的沉默，静伫于阳台上时，您忽然告诉我，住在我隔壁床的"越后狮子"，是有名的诗人大月花宵。听到这句话的瞬间，无论"竹子小姐"还是什么别的事，皆已被我抛诸九霄云外。

4

"不会吧?"我感觉自己就像是在做梦一样。

"我想,应该是不会错的。刚才我瞥见他的脸时,一下子突然想了起来。我的兄长们都是他的诗迷,而且,我小时候也曾在照片中看过他的相貌,因此,对他的长相,我可说是相当熟悉。我自己也是他的诗迷。至于你的话,我想,至少也应听过他的名字吧?"

"是啊!我听过。"

我对诗实在是相当不擅长,然而,即便如此,关于大月花宵的诗,譬如像他歌咏姬百合或是海鸥的诗句,直至现在,我都大致还可以背诵得出来,所以,对于这个名字,我当然也是耳熟能详。

这些诗句的作者,这几个月来竟一直都跟我并肩而卧!我一时之间实在难以置信。您也知道,对于诗这种东西,我虽然一窍不通,但是对于天才诗人的尊敬,我可是不打算落于任何人之后的。

"原来就是他呀!"刹那间,我不禁感慨万千。

"慢着,事情还不是那么确定哪!"您看起来显得有些慌乱,"刚才,我不过是匆匆瞥了一眼而已呀!"

总之,还得更仔细地观察一下才行。星期日的励志广播时间即将结束,于是,我们一同回到了楼下的"樱之房"当中。"越后"正在自己的床上睡着午觉,在我看来,这时候的"越后",实在看不出有什么了不起的地方。不过,他熟睡的模样,倒的确有几分像是沉睡中的狮子。我们两人互望了一眼,暗暗地点了点头;接着,我们不约而同地,深深叹了一口气。由于过度紧张的缘故,我们便连话都说不太出来,只能背对窗户延伫,默默地聆听着扩音器中所传来的唱片音乐声。节目继续进行,终于到了今日最精彩的节目——助手们的二部合唱。当助手们开始唱起《奥尔良的少女①》这首歌时,您以右手肘使劲地顶了一下我的腰。

"这首歌是花宵老师写的呢!"您露出相当兴奋的神情,小声地对我这样说道。经您这么一提,我也跟着想了起来:在我小的时候,这首歌被视为花宵老师的代表作,当时的少年杂志,还曾特别附上插画介绍此歌,可以说是首非常流行的歌曲。我们两人暗中注视着"越后"的表情:"越后"依旧仰卧于床,轻轻地阖着眼,不过,当《奥尔良的少女》的合唱一开始,他立刻睁开了眼,将自己贴于枕上的头略微抬起,并静静地倾听着。这样的神情只持续了片刻,旋即,他便又像是精疲力竭似的阖上了眼,随之闭眼露出了抹夹杂着感伤般的淡淡微笑。您的右手握起拳头,做出了一个像是在对空挥击般的奇妙动作,随后,您握住了我的手,这一刻,我们谁也没笑,只是紧紧地将双手交握。

现在回想起来,我们到底是为了什么而握手的呢?其实我也不是太过明白。不过,当时若不那样一动也不动地紧握

---

① 即圣女贞德。

着手，我还真想不出其他办法，得以让你我汹涌翻腾的心平静下来，毕竟，不管是您，或是我，那个时候，实在都太兴奋了。

"那，我走啰！"您以出奇沙哑的声音如此说着。我点点头，送您至走廊上。

"的确是他！"出了房门，我们两人再也忍不住，同时大叫了起来。

5

　　至此为止所发生的事，您应该都相当清楚，不过，我想要告诉您的是，当我接下来和您分手，一个人回到房间时，竟因心情兴奋过了头，导致脸上几近血色全失，整个人反过来陷入了一种极度恐慌的状态之中。我刻意不去注意"越后"，对着床铺便仰头躺了下去，不安、恐惧、焦虑，所有所有感受，全都奇妙地交揉在一起，心情迟迟无法平复，即便我再如何努力，都无法抵御这股复杂激动的巨大情感洪流。最后，我只好以小小的声音，唤了一声："花宵老师！"

　　他没有回应。我断然地用力转过头，正对着花宵老师的脸。"越后"依旧不发一语，开始自顾自地做起了伸展运动；于是，我也慌慌张张地跟着做起了运动，将脚张开呈大字形，两手的手指由小指开始，依序往掌心弯折。

　　"刚刚那首歌是谁写的啊？为什么您会不知不觉地就跟着唱起来了呢？"我打破沉默，开口询问着。

　　"作者什么的，忘了也好。"对方一派若无其事地回答着。（果然，这个人的确就是花宵老师没错吧？）我在心里这样想着。

　　"一直以来对您失礼了。刚刚经朋友告知，我才知悉您的身份。不管是我的朋友也好，还是我也好，我们从小开始，便都很喜欢您的诗句。"

"谢谢,"他一本正经地说着,"不过,像现在这样身为'越后',我倒也乐得轻松就是了。"

"为什么您现在不再写诗了呢?"

"因为时代改变了呀!"他一边说着,一边呵呵地笑了起来。

我感觉胸口像是被什么东西给堵塞了般,半晌说不出适当的言语。接下来,有好一段时间,我们两人就只是默默地做着运动而已。而突然,"越后"对我愤怒地大声说着:

"别人的事不要管太多!你啊,这阵子未免太过自大了!"我大吃一惊。从以前到现在,"越后"从没有用过这么粗暴的语气对我说话。总之,还是先道个歉为上。

"对不起!我以后不会再提了!"

"是呀,什么都别讲!你们根本不懂,什么都不懂!"

的确,这整件事情的发展,简直是糟糕到不行。所谓的诗人,真是种可怕的生物。我究竟是哪里得罪他了?关于这点,我完全不知道。

就这样,整整一天,我们没有再说过半句话。就连助手们来帮我摩擦身体,和我天南地北地闲聊之时,我也是直直绷着脸,无法好好回应。我总觉得心里头痒,非常想告诉"小正儿"她们,隔床的"越后"其实便是《奥尔良的少女》的作者,让她们吓一大跳,然而,"越后"那一句"什么都别讲!"却完完全全地堵住了我的嘴。唉,实在没办法,昨晚,我就只好这样,带着暗自饮泣的心绪入眠了。

不过,今天早上,完全出乎我意料,这位愤怒的花宵老师,竟然相当爽快地跟我和解了。这令我不禁松了一口气。

今早,"越后"久未谋面的女儿前来道场探视他。她的名字叫做京子,年纪和"小正儿"大概差不多,身材削瘦,眼角略挑,气色有些不佳,不过,就个性上来说,倒是一位相当温柔的女孩。她来的时候,我们正在进行早餐,她提了个大包袱来,然后一面解开一面对我们说:

"我弄了一点海味的小菜来。"

"是吗?现在正好可以配饭吃呢!拿出来吧!对了,顺便也分一半给隔床的'小云雀'吧!"

啊?我一下子愣住了。

迄今为止,"越后"对我的称呼,不是"那边的小老师",就是"书生",或是"小柴君",像"小云雀"这样亲昵的称呼,他连一次也没叫过。

6

女孩拿着海味小菜，朝我这里走了过来。

"请问您有容器可以装吗？"

"啊？呃……"我感觉自己有点手足无措，"在那里的柜子里。"我一边说着，一边跳下了床。

"请问是这个吗？"女孩红着脸，自我床铺下的橱柜里，拿出了一个铝制的便当盒。

"啊，是的。麻烦你了。"

女孩蹲在床下，一面把海味小菜移至便当盒中，一面问我说：

"请问您现在要吃吗？"

"不，我已经吃饱饭了。"

听完我的话，女孩将便当收进原来的橱柜中，重新站起身来。

"哇，好漂亮！"

她对着您随便乱插一通的那丛菊花发出了惊赞声。您那时候相当不应该说，"要叫'竹子小姐'来插漂亮一点"，可是，我若真就这样不假思索地跑去拜托"竹子小姐"的话，一定会让她感到相当难为情吧！而要是我去拜托"小正儿"，那岂不又显得太过刻意了吗？就因为如此，那些花便这样一直被晾在那儿，无人理会。

"这是昨天朋友随意乱插的,到现在一直没人再把它好好插整齐。"

听完这句话,女孩不禁偷偷瞄了瞄"越后"的脸色。

"插好吧!""越后"似乎吃饱饭了,他一面用牙签剔牙,一面静静地笑着说道。看样子,今天早上的他,心情似乎异常的好,不过,这反倒令人感到有些怪异。

女孩红着脸,略带迟疑地走近我的床头,将菊花自花瓶里全数拔出,然后,再开始一根根地重新插好。(总算找到适当的人选来把它插好了!)我不由得感到相当高兴。

"越后"在床上盘着腿,以一副兴味盎然的神情,欣赏着女儿的插花手艺。

"要重新写诗吗?"这时,我听见他喃喃自语地说了这样一句话。

我默默地一言不语,要是再乱说话的话,搞不好又会引来对方的大声咆哮呢。

"'小云雀',昨天真是抱歉了。"他对我这么说着,并一面有些狡黠地缩了缩脖子。

"不,我昨天说那些话,的确太自以为是了。"

就这样,在我连想都没想到的情况下,我们十分爽快地和解了。

"要重新写诗吗?""越后"又再次地,重复对自己问着相同的问题。

"请务必要写!真的,无论如何,为了我们,请务必要写!像老师那般淡雅清纯的诗作,是现在的我们最想拜读的。也许我没办法很清楚地加以描述,但是,如果一定要比喻的话，那么，老师的作品就像是莫扎特的音乐一样，是种轻快、高雅而纯净的艺术，而这，正是此刻的我一直梦寐以求的事物。那些摆着奇怪夸张的姿态，故意卖弄玄虚的东西，都已经陈腐了，早被人彻底看破。即使是历劫浴火后残留于角落的一株小草，也可以化作为一首美丽的诗歌。像这样的诗人，难道已经不存在于这个世界上了吗？只是一味地逃避现实，那样是不行的。痛苦是显而易见的，然而，我们已经下定决心，不管怎样，都要从容面对，绝不逃避。我们的生命已然托付给了上天，现在所剩的只是一身轻盈。能跟我们这样的心情紧紧相扣的，也就只有那宛若与迅疾奔流的清泉相互交融的艺术了。我们现在所希望感受到的，是真真切切的事物。我们是一群可以舍弃性命，也可以毫不犹豫地抛开名声的家伙。如果不是这样的话，我想，是绝对克服不了眼前这艰难的局势的。就像您所说的一样，看着那空中的飞鸟吧！主义什么的根本不是问题。我们不能被这样的东西所欺瞒。只有通过接触，才能立即确认人的真实与否。因此，问题就在于接触。就像音乐一样，若非高雅、纯净之流，便全为虚假。"

我讲着满口拙劣的歪理，努力地想说服他；等到话一股脑地说出口后，才自觉相当难为情。（如果不说的话，或许还好一点吧？）我在心里这样想着。

7

"已经是这样的时代了吗?"花宵老师用毛巾擦着鼻头,仰面躺下,"总之,就算想早点离开这里,也没办法哪!"

"是呀,是呀!"

到这个道场以来,这还是我第一次因期盼早日恢复健康而备感焦虑。这简直是白白蹉跎岁月呀!这一刻,我深深地感受到,通往天际的海流,竟是流动得如此缓慢。

"你们跟我们是不一样的!"花宵老师似乎十分敏感地察觉到了我这样的心情,"急躁不得!只要静下心在这里好好休养,一定可以恢复健康的!到时候,你们一定可以堂堂正正地,为日本国的重建成就一番事业。然而,像我这种已经上了年纪的人,唉……"就在他说话的当下,女孩所插的花也大致完成了。

"和刚才比较起来,好像更难看了耶!"她以开朗的语气说着。然后,她走近父亲的床边,压低着声音对他说:"老爸!你又在说傻话了哪!这种时候,不可以乱说话啦!"说完之后,她摆出一副怒气冲冲的样子,瞪着自己的父亲。

"我只是稍微抒发一下自己的心事而已,就连这样也不可以吗?""越后"虽然这么说着,但脸上却是满溢悦容,还不停地呵呵笑着。

我也将方才那些焦虑的负面思绪,全都忘得一干二净,跟着幸福满足地微笑起来。

　　您知道吗？新时代确实是来临了。那是犹若天女羽衣般轻盈，又如同浅浅滑过白沙的小河般清冽刺骨的事物。俳人松尾芭蕉的晚年风格以"轻"著称，以"枯淡""闲寂""哀感"为尚。在我中学的时候，福田法师曾告诉过我，芭蕉倾尽心血，终于晚年届达此般预期与憧憬中的最高理想心境。然而，回过头来说，即便我们曾几何时，已自然而然地达到了这样的心境，那也没什么好值得夸耀的。"轻"绝对不是轻薄。没有舍弃欲望与生命的决心，就绝对无法了解这种心境。那就同辛苦努力、汗流浃背后所吹来的一阵清风，或同当世界的大混乱结束之后，自令人窒息的空气中诞生而出的一只拍动着透明羽翼的轻盈鸟儿。不懂得这番道理的人，应该会被永远排除于历史的洪流之外，弃之如敝屣吧？啊啊！不管这或那，全都变得陈腐不堪。您知道吗？这是完全没有任何理由可言的啊！让所有的一切全部失去，将所有的一切全都舍弃，唯有这样的人所获得的平安幸福，才是真正的"轻"。

　　今早，我向"越后"论述了那么一段极度蹩脚的艺术论之类的东西后，老实说，真是不好意思。不过，我注意到了，"越后"的女儿可是我暗中的支持者哟！这让我获得很大的自信，同时，也让我身为新男人的火焰，再次熊熊燃起。在未来的日子里，我会试着将早上的这段说辞，渐渐琢磨得更加完善。

　　在此顺带一提，您对道场的批评非常中肯，我也感到十分心悦诚服。虽说您仅拜访了道场片时，然而，整个道场的气氛，却因此而忽然豁然开朗了起来，若说这全是拜您所赐，一点也不为过。最值得一提的，当然是花宵老师，他宛若一下子年轻了十岁，除此之外，不管是"竹子小姐"，或是"小正儿"，都要我代为向您问好。

"小正儿"说："他的眼睛好漂亮呀！看起来就是一副天才的模样。睫毛好长，每次一眨眼，仿佛都可以听到啪叽、啪叽的声音呢！""小正儿"的话未免太过夸张，您还是不要尽信比较好。那么，要不要我向您介绍一下"竹子小姐"的说法呢？在我开始讲之前，我还是要提醒一下，请您不要太过紧张，放轻松，随便听听就好。"竹子小姐"说：

"他跟'小云雀'，真是一对很好的拍档呢！"

她就只说了这么一句而已。不过，当她说这话时，可是红着脸的哟！

至此搁笔。

十月二十九日

竹子小姐

1

敬启者：

今天要通知您一件悲伤的事。关于"悲"这个字，与"恋"相同，皆是从"心"而生，古人的造字，还真是让人倍觉百感交集呢！我要通知您的事情就是，"竹子小姐"要嫁人啰！至于她要嫁给谁嘛……我告诉您，就是场长先生哟！也就是说，她要嫁进这个健康道场的场长——田岛医学博士的家里了喔！这件事，是我今天从"小正儿"那里听来的。

唉，总之，现在就请您听我将整件事情从头细说吧……

今天早上，母亲带着我的换洗衣物及其他一大堆有的没的东西到道场来看我。母亲每个月会过来两次，帮我整理身边的东西。她盯着我的脸，以戏弄人的语气问道：

"你啊，差不多也该开始想家了吧？"每次过来，她总是这样一成不变地问我。

"或许，或许吧！"我也用刻意编出的谎话回应着。这是我们每次见面的例行公事。

"听说，今天可以外出送老妈到小梅桥哟！"

"你说谁啊？"

"哎，还有谁呢？"

"我吗？可以外出吗？许可下来了吗？"

母亲点点头，接着又说：

"不过,如果你不喜欢走路的话,那就不用勉强啰!"

"怎么会不喜欢呢?我现在已经可以每天走上十里路了呢!"

"哦,或许,或许吧!"母亲学着我的口吻说道。

相隔四个月之久,我脱下睡衣,再次穿上缀有白色碎花的和服,与母亲一同步出玄关。那里,场长正将双手放于背后,默默地伫立着。

"如何?能够走走吗?"母亲像是自言自语似的笑着说道。

"男孩子满一岁的时候就已经能够站起来'走走'了吧!"场长面无笑容地说了个不好笑的冷笑话,"我叫个助手作陪吧!"

"小正儿"穿着白色护士服,外面套着一件绣有山茶花图案的红色短外褂,从事务所一路小跑步过来,她看来有些慌乱地对着母亲笨拙地点了点头,表示致意。今天,陪伴我的人是"小正儿"。

我穿着簇新的低齿木屐,一马当先地向外走去。这木屐感觉起来异常沉重,让我的脚步不觉有点踉跄。

"哎呀呀!脚丫子很健壮哦!"场长在后面鼓噪着。那语气,与其说是关怀,倒不如说,给人一种冷拔而决绝的感受。"真是不像样啊!"感觉,场长似乎正在如此斥责着自己,我的心情不由得有些沮丧。我头也不回地急急朝前快步行去,当我走了五六步之后,从后面,又传来场长的声音:

"刚开始,慢慢来!刚开始,慢慢来!"这次,他的语气,倒是直接地展露了严肃与斥责。然而,与刚才完全相反,自他这般谨严的话语中,我却反而感受到一股令人愉悦的关爱之情。

我放慢了脚步走着,母亲和"小正儿"一边小声地交谈着什么,一边自我的身后追了上来。就在穿过松林间的小径,踏上铺着柏油路的县道时,我忽然有种轻微的晕眩感,于是我停下了脚步,伫于原地。

"好大呀!路好大呀!"虽然,那不过是于秋日柔阳的照耀下,闪动着微弱光泽的柏油路面罢了,但是,对我而言,那一瞬间,却仿佛看见了一脉茫茫奔腾的浩瀚大河。

"果然还是太过勉强了是吗?"母亲边笑着边说,"怎样?下次送行时还可以再麻烦你吗?"

2

"没问题！没问题！"我故意踩着木屐，让它喀哒喀哒地大声响着，"我已经习惯啦！"话还没说完，一辆卡车以惊人的速度自我的后头超了过去，我不由得"哇"地一声，大叫了出来。

"好大呀！卡车好大呀！"母亲马上模仿我的语气，开玩笑地说着。

"大倒是不大，不过很强。好强大的马力，我想应该有十万马力吧？"

"哦，原来，现在就已经有原子卡车了吗？"今天早上的母亲，还是跟平常一样爱捉弄人。

我们慢慢地走着，就在快到小梅桥的巴士候车站附近的时候，一件相当意外的消息忽然传入了我的耳中。那是母亲与"小正儿"一路闲聊着的某个话题中所出现的对话：

"我听说场长最近准备结婚了，是吗？"

"嗯，和竹中小姐。快了吧！"

"竹中小姐？哦，那位助手小姐啊！"

母亲似乎有点惊讶的样子；然而，我所感受到的惊讶，却是百倍于她，那番冲击，就像是被十万马力的原子卡车给迎面撞上一般……

母亲立刻恢复冷静，对"小正儿"说道：

"竹中小姐是个好女孩呢！不愧是场长，真有眼光！"说罢，她开朗地笑了笑，也没有再继续追问下去，便平静地将话题转向了其他方面。

我完全记不得，自己是在怎样的情况下与母亲分别的，只觉得，自己的眼前一片模糊，心脏就像是要跳出胸口似的咚咚作响。那种感觉，简直无法付诸笔墨形容。

在此，我必须向您坦白一件事：我喜欢"竹子小姐"，从一开始就喜欢着她。"小正儿"什么的，对我来说根本就不成问题。我一直想设法忘记"竹子小姐"，所以才刻意地接近"小正儿"，努力逼着自己喜欢上她，但是，无论如何，终究是没办法。在写给您的信中，我如数家珍似的说了很多"小正儿"的优点，也写了许多"竹子小姐"的坏话，那绝非我有意欺瞒您，而是我想借着书写下这些话语，让自己心中的念头消散无迹。纵使我身为新男人，但每思及"竹子小姐"，还是会使我感到身体无比沉重，飞翔的翅膀萎缩得同猪尾巴般歪曲而纤小，整个人感觉起来，就有如快化为庸俗无味的男人一样。察觉到这点后，我告诉自己，为了保持身为新男人的面貌，不管怎样，我都非得断然整顿思绪不可。于是，我开始试着让自己对"竹子小姐"完全不理不睬，于内心深处一遍又一遍地对自己鼓动着："竹子小姐"只不过就是个好脾气的女人罢了，她不只长得像真鲷一样粗粗壮壮，就连买东西的眼光也很糟糕啊！……对于如此屡屡说她坏话的我，于心所隐的那份苦闷，我想您应该也得以体会吧？当时，我总在心里暗暗期待着，如果您也能赞同我，跟我一同说起"竹子小姐"的坏话的话，或许我真的就能渐渐讨厌起"竹子小姐"，从而恢复到一身轻快的状况也说不定。然而，事实完全背离了我的期待，您对"竹子小姐"可谓心醉不已，这让我愈发陷入了困窘的境地之中。于是，我又改变了战略，我先是刻意地赞美起"竹子小姐"，然后又向您表示，这是毫无欲望的亲昵情感，只是新一代男女的交友方式，千方百计地试图牵制住您。整件事情的原委，就是如此悲哀的真相。我真的没有欲望吗？当然有，而且很大。说得更精确一点，我所显露出的，正是一副心猿意马、卑鄙透顶的可憎模样。

3

尽管当您说"'竹子小姐'是个罕见的美人"时,我拼命地试着否定您的想法;但事实上,我自己打从心底,也认为"竹子小姐"是个无比标致的美人。打从来到道场的那一天,我第一眼见到她,便有这样的感觉。

您知道吗?像"竹子小姐"这样的女孩,的确是真正的美人。在洗手间青白灯泡的朦胧映照下,在黎明到来前,那充满奇异气息的幽暗一隅,静默无声、蹲踞于地擦拭着地板的"竹子小姐",是何等令人惊异的美丽啊!不是我在嘴上逞强,说真的,那时,遇临此景的正因是我,故而才得以冷静把持,要是换作了其他人,一定会忍不住犯下什么罪过的吧?"女人是魔鬼!""卡波雷"总是把这句话挂在嘴上。或许,女人真的会于无意识间,褪去人类的外皮,幻化为充满魔性的怪物呢!

就在此刻,我想向您明确地表白:我爱恋着"竹子小姐"。不管是以前,或是现在,一直都没有改变。

和母亲分别后,我走在路上,感觉自己的膝盖嘎啦嘎啦不停地颤抖着。我忍不住想喝口水,于是开口说道:

"我想找个地方稍微休息一下。"这话一出口,那沙哑的声音便连我自己也吓了一跳,感觉起来,仿佛就如同是某个人在远方低语似的。

"累了吗？再多走几步可以吗？那里有家我们常去休息的店铺喔！"

"小正儿"带着我，来到一家大战前似乎是在经营食堂还是高级料理店的店铺里头。空阔微暗的泥土地板上，随意散落着些像是炭炉般的东西，还有一台坏损的脚踏车。在房间的一隅，有张简陋的桌子，周围摆着两三张椅子；桌旁的墙上，有面大镜子，里头折射出惨白的冷光，那阴森的气息，让人不由得印象深刻。就算这里还在做生意，大概也只能让熟识的客人进进出出喝个茶而已。不过，道场的助手们外出的时候，似乎倒常选择这里作为她们忙里偷闲的地方。"小正儿"从从容容地往屋子里走去，取来了盛着劣质茶叶的茶壶与杯具。我们在那面大镜子下的桌子前面对面地坐了下来，喝起了微温的粗茶。我放松地深深叹了口气，心情也稍微平复了些。

"听说'竹子小姐'要结婚了，是吗？"我以轻松的口吻将自己想说的话说出了口。

"是啊。"这时的"小正儿"不知何故，脸上似乎有着说不出的寂寞。像是感受到了点凉意似的，她轻轻地缩了缩肩膀，直盯着我的脸说："关于这件事，你什么都不知道吗？"

"不知道。"我的眼眶毫无预警地感到一阵灼热，不由得困窘地低下了头。

"你知道吗？'竹子小姐'她哭了呢！"

"你在说什么讨厌的话啊！""小正儿"那萧瑟而落寞的语气，真讨厌！真让人讨厌！叫人听了就觉得一肚子火！"不要随便乱说些有的没的好吗？"

"我没有乱说话呀!""小正儿"也含着泪说,"所以我不是跟你说了吗?不可以跟'竹子小姐'太要好啊!"

"什么要好啊?根本没有那回事!不要摆出一副自以为什么都懂的样子对我说话,可以吗?简直讨厌到让人受不了!'竹子小姐'要结婚是件好事啊!是件可喜可贺的事,不是吗?"

"别再装了!我全都知道得一清二楚!不要再这样自欺欺人了,不要啊!"泪水自"小正儿"大大的眼睛中泉涌而出,盈满于睫,扑簌簌地顺着脸颊不停淌下,"我知道!我全部都知道!"

4

"够了吧！这样子连一点意义都没有，不是吗？"在这种地方，要是给人看到了，那多尴尬啊！"什么意义都没有，对吧？"我不断不断地重复着这句话。不管再怎么样，我也绝对不能认为它有意义。

"'小云雀'，你还真是个漫不经心的人呢！""小正儿"一边以指尖擦拭着颊上的泪水，一边轻轻地笑着说，"一直以来，你真的都不知道场长和'竹子小姐'的事情吗？"

"那种下流的事，我不知道。"我忽然感到很不愉快，有种莫名的冲动，想把手边所能拿到的一切东西，全都抓起来用力摔掷。

"什么叫'下流'啊？结婚是下流的事吗？"

"不，我不是那样的意思，"我支支吾吾地说，"只是，从以前开始，他们就一直有什么……"

"嘀，别胡说八道！没这回事。场长先生是个堂堂正正的人哪！虽然他什么都没跟'竹子小姐'说，不过，事实上，他之前就已向'竹子小姐'的父亲提过亲了。'竹子小姐'的父亲由于疏散的缘故，这阵子到了我们这一带来，然后，直到最近，他才终于将这件事告诉了'竹子小姐'。'竹子小姐'知道了这个事情后，可是连哭了两三晚，说她不想嫁呢！"

"那不是很好吗？"听到"小正儿"这么说，我不禁感到有点痛快。

"哪里好呀？因为哭，所以好吗？真讨厌呀，'小云雀'！"她笑着这样说道。我见她的脸颊微微倾着，眼中散发着生气勃勃的奇妙光芒。接着，她的右手突然倏地往前伸出，紧紧握住了我放于桌上的手："'竹子小姐'啊，她是因为爱恋着'小云雀'，所以才哭泣的呢！真的！"说着，她的手握得更紧了，而我也下意识地，相同用力地握了回去。这仅是毫无意义的握手罢了。察觉到自己这愚蠢的举动后，我立刻将手给缩了回来。

"需要帮你加点茶吗？"我像是在掩饰自己的羞怯似的说着。

"不，不用了。""小正儿"低垂着犹若脆弱不堪的眼睑，她以十分干脆而不可思议的果决态度，拒绝了我的要求。

"那，我们离开吧？"

"嗯。"

"小正儿"轻轻地点了点头，仰起脸来。那脸庞，真是美极了。真的，实在是美极了。在她全无表情的脸上，鼻翼两侧因疲惫而泛着细小的皱纹，下颚突出的嘴微微地启着，大大的眼睛中，流露出一股冰冷、深沉而清澈的气息，那是一张略微苍白的脸，散发着异常高雅的气质。这种气质，是对一切所有坦然放手，将一切全都舍弃的人才会具有的特质。"小正儿"自痛苦中挣脱而出，开始蜕变为绽放着透明无欲的崭新美感的女人，她也成为了我们的同伴，委身于新造的大船，毫无挂碍、轻松地朝着通往天际的海潮扬帆前进。微弱的"希望"之风，轻柔地抚着我的脸颊。那时，我惊觉了

"小正儿"脸庞的美,心头忽然涌上了"永远的处女"这个字眼。平常的时候,我总觉得那不过是个矫揉造作的词汇;但此刻,我却连丝毫的作态感也无,而且,确实地触及到它的鲜活与清新。

"永远的处女"这么时髦的话,被我这个粗鲁的人一用,或许要让您笑话了,不过,当时"小正儿"脸上的那高雅的气息,的的确确拯救了我。

那一刻,"竹子小姐"的婚事,于我的心里,亦恍若化作了无比遥远的往事,而我的身体也随即变得轻快了起来。那并非什么"死心断念"之类的思绪,只是种仿佛看着眼前的景物越飘越远,犹如将望远镜倒过来观看般的感觉。我的心中已然了无牵挂,剩下的唯有完成了某些事情后的爽快满足感而已。

5

晚秋澄澈的青空中，一架美军的飞机正在空中盘旋着，我们站在那间像是食堂的屋子前，抬起头向上仰望着。

"真是无聊的飞行哪！"

"嗯。""小正儿"微微笑了一下。

"不过，飞机这东西的模样，也可以算是一种崭新的美，因为在它身上，完全找不出半点多余的装饰呢！"

"的确呢！""小正儿"轻轻地说着，如同个纯真的孩子般，目送着天上的飞机渐渐远去。

"没有多余装饰的姿态，总是最美丽的。"

我说的不只是飞机，同时亦是针对"小正儿"那完全无我般的纯真姿态，于心所暗自抒发的感怀。

我们两人静静地走着。对于在路上所遇到的女孩，我一一仔细端详着她们的面容。当然，美丑的程度一定有所差别，但是，现代女性的脸庞几乎都是同样、如"小正儿"般，流露出一种无欲而透明的美。女人当然存在着女人该有的样子，然而，要恢复到大战之前的女人模样，基本上是不可能的了。这便是经历了战争的苦闷洗礼后，从而展现出的崭新"女人味"吧！至于这种气质，究竟该用什么方式来形容好呢？就宛若出谷黄莺之音般美妙吧？如果这样形容的话，我想您应该也能够明了吧？换句话说，这其实也就是一种

"轻"。

我在将近中午的时候回到了道场。因为往返走了足足超过了半里路,我感到相当疲倦,就连换个睡袍都嫌麻烦,因此,我连短外褂也没脱,便往床上一摊,就这样昏昏沉沉地睡着了。

"'小云雀',吃午餐啰!"

我稍稍睁开了眼,只见"竹子小姐"手里端着餐盘,正站在我的面前微笑着。

啊啊!场长夫人!

我立刻从床上跳了起来。

"对、对不起!"说完之后,我想也不想地,对她轻轻点了点头。

"睡迷糊啦!贪睡鬼。"她像是自言自语似的说着,然后将我的餐盘放于床头。

"哪有穿着和服就这样睡着的人呀!现在感冒的话,后果可是很严重的哟!得快点换上睡袍才行!"她皱着眉,一边不高兴地说着,一边自床铺的抽屉里取出睡袍,"还真是需要人照顾的小少爷呀!来,我来帮你换!"

我走下床,解开了和服腰带。这是一如平时的"竹子小姐"啊!什么跟场长结婚的事情,一定是胡说的吧!我忍不住这样想。什么嘛!原来这一切全是我刚才昏沉沉睡着时所做的梦嘛!母亲来看我是场梦,"小正儿"在那间像食堂的房屋里哭泣也是做梦。一瞬间,我忽然有这样的感觉,而且不自觉地高兴了起来。然而,事实并非如此。

"很好看的久留米花布哪!""竹子小姐"帮我脱下和服,

"很适合'小云雀'穿呢！刚才，'小正儿'一副很开心的样子哟！我听她说，你们回来的时候，一起在老婆婆那里悠闲地喝了杯茶呢！"

果然，那不是梦呀！

"'竹子小姐'，恭喜！"我对她说了这样一句话。

"竹子小姐"没有回答，只是默默地自后头帮我把睡袍穿上，她从睡袍的袖口中将自己的手给伸了进去，然后，紧紧地、很用力地，拧着我手臂上的肉。我咬紧牙关，忍受着这样的疼痛。

6

接着,"竹子小姐"继续若无事然地帮我换好了睡袍。当我吃饭的时候,她便在旁为我折叠着那件碎花布和服。我们之间,彼此连一句话也无。过了好一会儿,"竹子小姐"才以极轻、极细微的声音,于我的耳边低语着:

"你要忍耐喔!"

我感觉得到,"竹子小姐"所有的心意,似乎全都包含在这句短短的话语之中。

"过分的家伙!"我边吃饭,边学着"竹子小姐"的关西腔,也轻轻地低声说着。

我也想在这样的一句话中,道尽自己所有的心意。

"竹子小姐"吃吃地笑着,对我说了声"谢谢!"

我们终于相互取得了谅解。现在的我,打从心底,由衷地为"竹子小姐"的幸福祈祷着。

"你准备在这里待到什么时候呢?"

"这个月底吧!"

"举行个欢送会吧?"

"哎呀,讨厌啦!"

"竹子小姐"夸张地抖了抖身体,很快地将叠好的和服放入抽屉内,然后,又摆出一副若无其事的表情,离开了房间。为何我身边的人都能如此率真爽朗呢?我想,那是因为,他们都是很好的人吧！这封信是利用午后一点的演讲时间边听边写而成的。您知道今天的演说是由谁主讲吗？高兴一下吧！是大月花宵老师喔！最近这段时间，大月老师在我们道场可是大受欢迎的人物呢！至于"越后狮子"那么失礼的绰号，早就被大家给不知抛到哪里去了。

您应该猜得到，在那之后，我忍耐了两三天，对谁也没有说，不过，到最后，我终于还是忍不住了，便偷偷地告诉了"小正儿"。这一下，消息立传遍了整个道场。总之，一听到《奥尔良的少女》的作者，所有人全都无条件地肃然起敬。就连场长巡房时，也为自己的后知后觉向花宵老师表示自己的失礼。我想，这其中大概也有点道歉的意味在吧？

现在，新馆当然不用说了，就连旧馆的学员，亦接连不断地有人拿着自己所做的诗、和歌、俳句等，登门拜托老师协助修改、订正。然而，花宵老师却丝毫没有表现出任何趾高气扬或其他的浅薄举止。不过，他到底还是不爱说话的"越后狮子"，因此，有关修正学员诗歌等等的任务，大部分皆交由"卡波雷"一手包办。

说到"卡波雷"，他这阵子可得意啦！他以花宵老师的大弟子自居，动不动就摆出一副高高在上的模样，对别人苦心作成的作品大肆修改。今天，他应事务所的请求，居中促成了花宵老师的第一次演讲。当这场以"献身"为题的演说透过扩音器播出的时候，我们全都像是在聆听着一位高贵的伟人在教诲着般，充满了肃穆的心情。事实上，那的确是稳重而富有威严的声音。听了他的演说，我内心不禁想着，花宵老师或许是远比我想象中还更伟大的人物也说不定。演讲的内容十分不错，完全没有陈腐之气：

"献身，绝非是因绝望与感伤而盲目自戕，那是大错特错的。所谓的献身，是种让自己的生命以最为灿烂的方式永远生存下去的行动。人类正是依靠着这种单纯的献身，得以持续不灭。然而，献身并不需要任何准备。就在今天，就在此刻，以现在这样的姿态，将自己全心全意地奉献出去。拿锄头者，就应该以拿锄头的农夫姿态，彻底奉献自己。完全不需要冒充伪装，仅要保持着自己原来的姿态。献身不必犹豫，人类在生命的每一分、每一秒，都必须奉献自己。若只是想着要如何华丽地献身，并因此而费尽心思，这是最没有意义的事情。"

花宵老师用强而有力的语气，这么谆谆告诫着。我一边听，一边不觉地感到面颊灼热。迄今为止，我一直在那里强调"新男人"，未免有点过度流于自我宣传的意味了。将过多的意识投注在为献身而作的准备上，就好似浓妆艳抹一般，毫无意义。因此，关于新男人的招牌，我就在此断然地将之撤除吧！此刻，我周围的景象，已同我一般充满着光亮。也许，在我们出现的任何地方，都会有着这样一道明亮的光芒，引领着我们不断前行吧？再也不必多说什么，无论迟，或早，就顺着那极其理所当然的步调，笔直地前进吧！这条路将通往哪里呢？或许，就问问那不断绵延的藤蔓吧！我想，藤蔓它会如是回答：

"我也不知道呀！但是，我所到之处，必然阳光普照。"

再会了，日后再聊。

十二月九日